Das Buch

Ich fasse zusammen, was ich mir im Lauf der Jahre, jenseits der
beruflichen Arbeit, habe einfallen lassen; ich bringe in Form, was ich
erdacht, erkundet, erzählt und erfahren habe: Leute aus Politik und
Fernsehen an einen Tisch gesetzt und sprechen lassen; Bücher re-
zensiert; das Hochschulleben charakterisiert; Leserbriefe geschrieben;
politische Höhepunkte persifliert; die Studentenzeit aufleuchten lassen – Schriften und Aufzeichnungen zum Zeitgeschehen, die bei mir
den Eindruck erwecken, heute so aktuell wie damals zu sein. . .
Manches davon ist auch auf `www.volkerjentsch.de` zu besichtigen.
Aber erst ein Buch macht daraus ein Ganzes.

AF210619

Dank an alle, die im Text Fehler gesucht und naturgemäß nicht jeden gefunden haben...

Dank ein weiteres Mal an Laura – Mange tak til Laura Stær for hendes vidunderlige cover-design...

Volker Jentsch

Andere Ansichten
60 Jahre Denk- Streit- und Leserschriften

Bibliographische Information der Deutschen Nationalbibliothek: Die Deutsche Nationalbibliothek verzeichnet diese Publikation in der Deutschen Nationalbibliographie; detaillierte bibliographische Daten sind im Internet über http://dnb.dnb.de abrufbar.

Verlag: BoD · Books on Demand GmbH,
Überseering 33, 22297 Hamburg, bod@bod.de
Druck: Libri Plureos GmbH,
Friedensallee 273, 22763 Hamburg
ISBN: 978-3-7693-5735-6

Inhalt

Prolog

Mir war und ist das Schreiben eine Herzensangelegenheit. Wenn andere Entspannungsübungen der bekannten Art machten, um den Druck
der Ereignisse loszuwerden oder wie man sagt, zu „verarbeiten", setzte
ich mich (sofern vorhanden) auf eine Bank mit Aussicht auf die unter oder vor mir ausgebreiteten Wiesen, Wälder und Siedlungen. Und
machte mich daran, dort meine Gedanken, Stimmungen und Meinungen aufzuschreiben. Ich habe Prominente an einem Tisch versammelt
und Argumente austauschen lassen; habe Bücher besprochen, Regierungen, vergangene und noch aktive, aber doch schon geraume Zeit
der Auflösung preisgegebene, in Szene gesetzt. Meinungsmacher por-
trätiert, technische Wunderwerke, die das Leben verändern können,
hinterfragt.
Und weiter zurückliegend, in der auslaufenden Zeit der beruflichen
Tätigkeit, nahm ich die Besonderheiten des Hochschullebens unter
die Lupe. Schrieb Leserbriefe zu Ereignissen, in denen das heute im
damals enthalten zu sein scheint. Und noch weiter zurückliegend, im
frühen Stadium meines Werdegangs, der Studien- und Studentenzei-
ten, destillierte ich Themen, die für und gegen den Zeitgeist gerichtet
waren – herausfordernd die einen, romantisch-melancholisch die anderen...
Jetzt habe ich einige dieser Schriften wieder hervorgeholt, neuere, am
Schreibtisch entstandene dazugelegt und daraus ein Buch gemacht.

Büchergeschichten

Über große und kleine, dicke und dünne Bücher
Über Bücher, die mir in Erinnerung bleiben

 *Wie aus dem Inhaltsverzeichnis ersichtlich,
beschäftige ich mich auch mit der schönen Literatur. Schon als Ju-
gendlicher habe ich dafür ein gewisses Faible entwickelt und dieses
bis ins hohe Alter, mal mehr, mal weniger gepflegt. Immerhin sind,
dank dieser Vorliebe, in den letzten fünf Jahren vier Bücher von mir
erschienen, und wenn ich dieses vollendet habe, sind es sogar fünf.
Kurzum, ich konsumiere und produziere.*
*Mich beeindrucken vor allem Geschichten, in denen die Protagonis-
ten genügend Wagemut haben, sich auf die Suche zu begeben. Auf die
Suche nach einem Ort, der gestaltet werden kann, nach einer Tätigkeit, in der Theorie und Praxis gefordert sind, und gelegentlich auch
nach Lust und Liebe. Geschichten dieser Art gibt es einige, aber nur
wenige, die mir gefallen.*
*Der Roman, ginge es nach mir, soll so durchsichtig sein wie das
Nachtkleid der Geliebten. Und so unvorhersehbar wie ein Gewitter
im Winter.*
*Bilder der geschriebenen Art verleihen dem Roman Farbe. Oft kom-
men sie in Form von Vergleichen und beginnen mit dem unscheinba-
ren Wörtchen „wie", gefolgt von einer beliebigen Anzahl von Wörtern.
Manchmal sind es nur zwei; wer es pompös liebt, blendet dafür eine*

9

ganze Seite auf. Alles in allem sind Vergleiche sehr mächtig – sind sie gelungen, können sie den Roman auf den ersten Platz katapultieren; sollten sie daneben gehen, hat er Aussichten, auf dem letzten Platz zu landen. Nun will ich an dieser Stelle keinen Streit über die Frage entfachen, wann ein Roman als gelungen bezeichnet werden kann. Dazu nur diese einfache Formel: ob ein Roman gefällt oder nicht gefällt, ist für mich maßgeblich eine Frage des persönlichen Geschmacks. Mir ist aufgefallen, dass viele Romane, vorzugsweise solche, die durch Preise geehrt werden, Sätze hervorbringen, die wider jeglichen Sprachverständnisses unvermittelt enden oder sich Seite für Seite wiederholen; oder auseinandergebrochene Wörter gebären, die als Silben sinnlos hintereinander herlaufen, sich verstricken, schließlich in einem heillosen Durcheinander enden. Für mich sind das überflüssige, unschöne und nichtssagende Experimente, auch wenn sie vermutlich vom Autor als besonderer Leckerbissen verstanden werden wollen.

Literaturwissenschaftler werden derlei Bemerkungen empört zurückweisen, mich als Laien bezeichnen (was stimmt), auf ihre Expertise pochen und feststellen, dass allein sie über die Methoden und das Vokabular verfügen, um den Rang und die Bedeutung des jeweiligen Werkes zu bestimmen. Ich werde entgegnen, dass sie über keine objektiv gültigen, durch Experiment oder Evidenz verifizierbaren Regeln verfügen, wie das in den Naturwissenschaften der Fall ist. Und da das so ist, dürfen sich Experten und Expertinnen in Diskussionsrunden und Feuilletons über den Wert des Werkes streiten.
Meine Reaktionen auf Romane, Erzählungen etc. sind kurz gefasst die folgenden: Was ich gut finde, lässt mich erglühen, was mir nicht gefällt, erkalten, was mir nicht gefällt und mit Lorbeer umhängt ist: ergrimmen. Der Vollständigkeit halber sei vermerkt, dass sich mein Geschmack und der des berühmten Herrn Scheck meist nicht vertragen. Wer kennt ihn nicht, den Herrn mit den närrisch großen Ohren, der pompöse Settings liebt, Autoren in persönlichen Vorstellungen lobt und preist, aber mit einer kaum erwarteten Zielsicherheit die von ihm als missraten klassifizierten Bücher in die bereitgestellte Tonne wirft.

Romane

Jenny Erpenbeck: *Tand.* Darunter befindet sich dieser bemerkenswerte Satz: „Das Blut so heiß aus meinem Körper läuft, die Schale ineinander verkracht ist, Augen, die sich wie zwei Segel zusammenfalten, innerlich etwas aus mir kippt, eine wüste Stelle im Inneren, ein Nichts, das jedoch großen Raum beansprucht." Wer diesen Tand mag, ist bei Jenny genau richtig.

Robert Menasse: *Die Hauptstadt.* Brüssel ist die Hauptstadt der EU. Das gefällt dem Herrn Erhart, einem aufrührerischen Gelehrten aus Österreich ganz und gar nicht. Er stellt fest: Das Elend der Ökonomie sei ihr nationalistischer Charakter. Und fordert: Auschwitz müsse europäische Hauptstadt werden. Menasses dickes Buch bekommt den Buchpreis.

Bodo Kirchhoff: *Widerfahrnis.* Ein Womanizer, dem Autor vermutlich nicht unähnlich, wird in intimer Pose mit folgenden Sätzen konfrontiert: „Glocke schlug in verlorenen Tönen elf; Anprall an ihre weichen Klippen; verstörend glatt; wie benagelt mit Sternen; hellwach; Nacht ist vorgedrungen"; oder zitiert: „wie man sagt, auch wenn er es nicht sagen würde, nur hier ausnahmsweise." Auch dieser Autor wird mit dem Buchpreis belohnt.

Saša Stanišić: *Herkunft.* Saša, Kriegsflüchtling aus Bosnien, von den Experten gefeiert und mit dem deutschen Buchpreis gekrönt. Der Autor springt im Buch und in der Zeit hierhin und dorthin. Gegen Ende des Buchs kämpft er auf sechzig Seiten sogar mit den Drachen. Und macht aus seiner Herkunft ein „Drachenmärchen", den Ort derselben zum „Drachenhort". Den Ausgang aus dem Hort soll der Leser finden. Ich hab ihn nicht gefunden und das Buch vorzeitig zugeklappt.

Sibylle Lewitscharoff, Büchner-Preisträgerin: lässt im *Apostoloff* das Bild von der kleinen Sibylle entstehen, das dem Vater die Zeitung vorliest und noch gar nicht lesen kann – ein Bild so schön, dass es immer bei mir bleiben wird. Die Geschichte an sich, die Exhumierung der Exilanten, der Konvoi, der sich zur Bestattung nach Bulgarien

11

dahinschleppt, all das hat mich nicht beeindruckt.

Graeme Simsion: *Das Rosie Projekt*; gefolgt von *Der Rosie Effekt* und *Das Rosie Resultat*, von denen nur das erste ich gelesen habe. Die weltweit ausgreifenden Glückwünsche, mit denen das Werk gefeiert wird, sind bei mir nicht angekommen – auch weil von Anfang an vorhersehbar, dass der unsägliche „Questionnaire" des Buches nicht zum Zuge kommt und die romantischen Liebe den Sieg davonträgt. Gleichwohl, die Darstellung erheitert mit zahlreichen Sätzen, und die umhüllen die Konstruktion mit viel Humor.

Javier Marías: plagen in *Alle Seelen* die Wiederholungen des Lebens. Dazu gehören das Leeren des Abfalleimers, Claires Schuhe und Strümpfe, die Zigarettenasche, die auf eben diese Strümpfe fällt und ihr Rock, der verrutscht, und des Autors begehrenden und verzehrenden Blick auf ihre „starken Beine" ermöglicht; es sind die ungezählten Zigaretten, ob heiß oder kalt, geraucht oder weggeworfen; es sind diese Trivialitäten, die das Buch bevölkern. Ich war froh, als ich die vorletzte Seite umdrehte.

H.M. Enzensberger, Büchner-Preis Gewinner: nennt sein Buch *Tumult*. Mit seinen politischen Ansichten habe ich stets sympathisiert. Sein *Hammerstein oder der Eigensinn* hat mir gefallen. Das vorliegende Buch, eines seiner letzten, laut Enzensberger dem Zufall(!) geschuldet, gibt eine Reihe Details aus den sechziger Jahren im bewegten Leben des vielfach geehrten und enorm produktiven Schriftstellers und Dichters bekannt. Wer das wissen möchte, wird in diesem Buch auf seine Kosten kommen; wer das alles schon weiß (was durchaus vorstellbar ist) oder wen Lebensbeschreibungen, auch „tumultuarische", nicht sonderlich interessieren, wird es liegen lassen. Letzteres würde ich empfehlen.

Und an dieser Stelle mach ich Schluss. Jetzt geht es um Bücher, die mir gefallen haben, und ich schreibe auf, warum.

János Székely: *Verlockung*

János Székely hat ein wunderbares Buch geschrieben. Es ist das tiefste und leidenschaftlichste, das mir seit langem begegnet ist und es ist zugleich das spannendste und verstrickteste, das traurigste und komischste, und ich weiß, dass selbst diese Superlative die Qualität des Buches nicht beschreiben können. Es gibt Bilder in Székelys Sprache, die sind umwerfend, denn sie sind so gut.

Székely erzählt die Geschichte des Jungen Béla. Der wächst in unfassbarer Armut auf, bringt es bis zum Liebhaber *Seiner Exzellenz* und findet als Kämpfer zu den Seinen, den Mittel- und Rechtlosen, zurück.

Es ist ein ganz und gar parteiisches Buch. Hier die Machtlosen, dem die Zuwendung des Autors gilt, und dort die Mächtigen, die er mit Spott, Hohn und Verachtung abhandelt. Und doch ist sein Roman alles andere als platt oder gar propagandistisch. Dafür sind die Machtlosen selbst zu fehlerhaft, lasterhaft und schwächlich. Es gelingt dem Autor, seine Parteilichkeit auf die Leserschaft zu übertragen. Ich habe mit Béla und seinen Leuten gelitten und gekämpft und mit ihnen auf ein besseres Leben gehofft.

Gleichwohl, die Machtlosen sind nicht immer die Unterlegenen. Zwei Szenen, die ich für die besten des Buches halte, belegen das. Im Wettstreit des Händedrücken zerquetscht Béla die Hand des skrupellosen Abgeordneten, nachdem dieser zuvor das Gleiche bei Béla versucht hat und gescheitert ist. Und das im Angesicht *Seiner Exzellenz*, deren Schönheit und Laszivität alle Männer verrückt macht! In der anderen Szene wird Béla von *Seiner Exzellenz* gerufen. Sie empfängt ihn, halbnackt, in ihrem Zimmer. Sie spielt mit seiner Erregung, gerät selbst außer Sinnen und als er, angestachelt davon, über sie herfällt, nimmt sie sich, was ihr impotenter Mann nicht geben kann. Eindringlicher, leidenschaftlicher und ästhetischer kann Erotik nicht geschrieben werden. Finde ich. Aber in dieser Szene steckt noch mehr. Sie ist der Höhepunkt der gegenseitigen moralischen und psychischen Ausbeutung. Insofern ist die Verlockung, der Béla erliegt, oberflächlich nichts anderes, als die Verlockung, der *Seine Exzellenz* erliegt.

Tatsächlich sind die Unterschiede aber eben doch gravierend, und deshalb entsagt Béla, als sein Verstand wieder die Oberhand gewinnt,

seiner Leidenschaft, wenn auch unter Schmerzen, und kämpft hinfort
auf der richtigen Seite um Leben und Freiheit, mit den Unterdrück-
ten, gegen die Unterdrücker.

Paul Bowles: *The sheltering sky*

Ich halte „The sheltering sky" (deutsch: Himmel über der Wüste) für
einen der besten Romane des 20. Jahrhunderts.

Die Zeit unmittelbar nach dem zweiten Weltkrieg. Zwei Menschen
lieben sich, aber kommen nicht zusammen. Die groß angelegte Reise
nach Marokko: ein eher verzweifelter Versuch, endlich die Intimität
zu erfahren, die beide auch nach zwölf Jahren ihrer Ehe nicht gefunden haben. Aber es gelingt nicht. Sie und er sind zu kompliziert.
Sie fürchten sich, vor dem was hinter der Liebe liegt: die Finsternis.
Es sind vergeudete Jahre, sagt sich Kit, als sie Port, ihren Mann,
den doch eigentlich geliebten, dem vom Typhus gezeichneten in den
Armen hält, sie sagt es bitter und angsterfüllt. Und nach seinem
Tod und all den Jahren des Zurückhaltens, Abwehrens, Verweigerns
brennt ihre Sucht, sie will gesättigt werden; lustvoll unterwirft sie
sich wieder und wieder dem heißen, animalischen Begehren des Ara-
bers. Das geht so lange gut, bis dieser sein Verlangen gestillt und eine
andere aus seinem Harem bevorzugt. Das Ende: schwer beschädigt,
flieht sie vor sich selbst und ihrer Vergangenheit. Ihre Spur verliert
sich im Gedränge von Tanger.

Bowles erzählt eine düstere Geschichte, die von dem Licht und dem
Wind über der Wüste zehrt. Es ist der Himmel, durchsichtig und
glühend wie *geschmolzenes Metall*, der das Buch begleitet. Es ist der
Himmel über der Wüste, der scheinbar? oder tatsächlich? tröstet, be-
deckt und schützt, eben als *The sheltering sky*.

Ich empfehle die englische Version, die allerdings nicht einfach zu lesen ist; die deutsche fällt an einigen Stellen etwas flach, wenn auch im
Großen und Ganzen die Übersetzung wohl das Richtige trifft. Berto-
luccis Verfilmung bleibt wie jede Romanverfilmung hinter den Text
zurück, hat aber einen grandiosen Einstieg, als in Tanger die jungen

Marokkaner das Schiff entladen und mit dem voluminösen Gepäck des amerikanischen Paars die Treppen heraufsteigen.

Eva Menasse: *Quasikristalle*

Eva Menasse kommt aus Österreich, spricht Hochdeutsch und ist reichlich mit Preisen dekoriert. Ihr *kleiner Stern* ist eigentlich ein großer Stern, von der Natur reichlich beschenkt, mit begehrten Eigenschaften ausgestattet – es handelt sich um eine attraktive Frau, die „Berge gebrochener Herzen" hinterlässt, außerdem erfolgreich im Beruf und in der Ehe, ehrgeizig, hundertprozentig, mütterlich und von ihren Freundinnen beneidet, kurzum, irgendwie unerreichbar in ihrer Unwiderstehlichkeit. Sie gibt sich als Xane zu erkennen und tritt in allen dreizehn Kapiteln auf, manchmal überraschend, manchmal vorhersehbar. Wobei der Name zu denken gibt. Nicht eher Roxane? Xane gilt als männlicher Vorname. Steckt in Menasses Frauenfigur womöglich ein Mann? Nein, das ist boshaft. Alles, was mit Xane zu tun hat, ist unwiderruflich weiblich.

Jedes der Kapitel kommt mit einer etwas anderen Sicht auf Xane, jedes für sich ist leicht lesbar, und weitgehend unabhängig von den anderen. Sind sie auch lesenswert? Allemal! Fünf davon haben mir ausnehmend gut gefallen, das sind die Nummern 3,4,5,10 und mit Einschränkung auch die Nummer 11. Interessanterweise sind es diese, in denen Xane nicht die beherrschende Figur ist. Am stärksten beeindruckt hat mich Kapitel 5, in dem eine der inzwischen so zahlreichen Reproduktions- oder Nachwuchsfabriken im Mittelpunkt steht. Das Wunschkind lässt auf sich warten, der Gang zur Reproduktion wird dann für viele zur Qual der Wahl; für die eine ist er Endstation Sehnsucht, für die andere das Tor zum Paradies. Frau Menasse erzählt über beide Möglichkeiten, und sie tut es, so scheint mir, mit großer Detailkenntnis und Meisterschaft.

Gleichwohl ist es nicht der Inhalt, der das Buch vom Durchschnitt absetzt, sondern es ist Menasses Formulierungskunst: die überraschenden Wortzusammenstellungen, der spielerische Umgang mit der deutschen Sprache. Aber hat sie dabei gelegentlich nicht doch etwas übertrieben? Was zum Beispiel ist ein „milchiger Blick"? Eine „übergriffige Hilfsbereitschaft"? Ein „verrutschtes Lachen"? (komisch, das „Verrutschsein" im Zusammenhang mit Lachen ist das Standardrepertoire von Romanen dieser Art; wie mag das nur aussehen?) Was den Titel betrifft: Xanes Leben hat nichts mit Kristallen zu tun, auch nicht im übertragenen Sinn, wie der Klappentext mit zehn Zeilen Text zu suggerieren versucht; der Kristall, ob geordnet oder ungeordnet, ist geronnene Substanz, verkörpert nicht die Dynamik, auf die es Frau Menasse ankommt – die sich in den geschwungenen Linien des Lebens manifestiert. Man könnte sagen, ein bisschen verrutscht, der Kristall. Dennoch: es ist ein guter Roman, dem ein ansehnliches Portrait der Schriftstellerin beigefügt ist.

Gergely Péterfy: *Der ausgestopfte Barbar*

Niedertracht versus Edelmut Dieses Buch finde ich sehr gut, es ist ein besonderes und schön geschriebenes Buch, und es ist nicht ganz leicht zu lesen. Ja, die Leser müssen aufmerksam sein, dürfen den Faden nicht verlieren, um auf dem Laufenden zu bleiben, wer in welcher Phase, zu welcher Zeit des Romans erzählt: ist es der Erzähler, oder ist es Sophia, die Frau von Ferenc Kazinczy, des großen Geistes- und Kulturwissenschaftlers, oder ist es dieser selbst; ist es Angelo Soliman, der „ausgestopfte Barbar", oder ist es eine der vielen anderen Figuren aus dem Habsburgerreich des 18. und beginnenden 19. Jahrhunderts, als es seinen Absolutismus nur noch mühsam und nur mit Gewalt gegen den aufklärerischen Geist und den Unabhängigkeitsdrang seiner vielen Völker durchsetzen konnte. Hilfe bietet der Klappentext, der kurz und bündig den Inhalt wiedergibt und sich so unendlich wohltuend unterscheidet von der plumpen Umschlagwerbung, mit der selbst beste Bücher dem Leser in den Rücken fallen. In vielerlei Hinsicht ähnelt dieser von historischen Tatsachen durchdrungene Roman den Werken von Umberto Eco, thematisch etwa dem *Friedhof in Prag*. Aber Peterfys Roman bewegt das Gemüt sehr viel stärker als Eco, ist entschieden grobkörniger, setzt unbeirrbar das Bösartige gegen das Gutartige; Niedertracht, Neid, sexuelle und materielle Gier, Verleumdung, Lüge, diese Grausamkeiten aus den Niederungen der Menschheit, gegen Bildung, Intelligenz, Nachsicht und Toleranz. Seine Helden, der Ungar und der Afrikaner, ertragen bis zur Selbstaufgabe all die Schmähungen, Beleidigungen und Verleumdungen der Infamen, in stolzer Einbildung ihrer eigenen Überlegenheit, im Vertrauen darauf, dass die Zukunft den Aufschwung, die Wende zum Besseren bringen wird. Doch diese ist noch in düsterer Ferne. Die Helden sind besessen vom Okkultismus und der Geheimwissenschaft der Freimaurerei. Sie suchen nach Zeichen des Schicksals. Vergeblich. Weil es doch nichts anderes als der schnöde Zufall ist, der Sophia zu Ferenc und Ferenc zu Angelo und Angelo zu seinen fürstlichen Gebietern geführt hat?

Der Roman spielt in der begüterten Welt der Adeligen und Fürsten. Die Dienerschaft ist das geschundene, rechtlose, intrigante Beiwerk, die Bauern bilden den gewalttätigen Hintergrund. Die zahlreichen Frauen des Romans sind die mitleidlos Leidenden, sie lassen sich dem Willen und Wahnsinn ihrer Männer unterwerfen. Auch Sophia gehört dazu, wenngleich in vornehmerer Form. Gibt es ein Thema, unter dem das Buch zusammengefasst werden kann?

Es ist die Andersartigkeit, die von der eingesessenen Bevölkerung in Stadt und Land nicht geduldet wird. Es sind die Jahrtausende alten Verhaltensweisen derer, die glauben, das Territorium sei das ihre; wer hier sich niederlasse, müsse sich einfügen, so sein wie sie selbst. Das Andere wird in teils roher, teils subtiler Art gedemütigt, im schlimmsten Fall ausgeschlossen, im Roman eingekerkert oder getötet.

Das Thema des Buchs ist zeitlos, und es ist in ganz besonderer Weise dargeboten.

Vladimir Jabotinsky: *Die Fünf*

Eine Familiengeschichte. Solche erfreuen sich weltweit großer Beliebtheit bei dem schreibenden wie auch lesenden Teil der Bevölkerung. Hier begegnen wir einer wahrhaft großen.

Das Buch lebt von der Leichtigkeit, mit der Vladimir Jabotinsky die Zeit des beginnenden 20. Jahrhunderts fließen lässt. Die jüdische Familie Milgrom besteht aus skurrilen Figuren, davon haben es zwei dem Autor besonders angetan: Die umwerfende Marussja, die mit ihren zahlreichen Verehrern, den *Passagieren*, ein etwas ungewöhnliches Spiel treibt und ihr Bruder Serjosha, der um keine Pointe verlegen ist. Beide nehmen das Leben wie es kommt, aber wie so oft bei solchen Charakteren, liegt dahinter eine morbide Melancholie, die am Ende des Buches, bei den beiden und eigentlich allen anderen Angehörigen der Familie, mit Ausnahme des Vaters vielleicht, zum Durchbruch kommt und auf ein bitteres Ende zusteuert.

Kapitel 14 hat bei mir den stärksten Eindruck hinterlassen. In diesem wird die Natur um Odessa auf mitreißende, sehr ungewöhnliche Weise dargestellt.

Wer sich von der Atmosphäre des Um- und Aufbruchs in Russland und Europa um 1900 einfangen lassen will, der sollte zu diesem Buch greifen. Und das Einzigartige von Odessa auf sich wirken lassen. Es auferstehen lassen, bevor es womöglich von russischen Bomben getroffen, im Staub des Krieges versinkt.

Ein Satz zu der handwerklichen Seite: Einband und Schriftbild sind, wie so oft in *Die Andere Bibliothek*, an Eleganz kaum zu übertreffen.

Wassili Grossman: *Stalingrad*

Der Roman *Stalingrad* ist ein epochales Werk. Es schildert das Leiden, Leben, Lieben, das Kämpfen, Erdulden, den Mut und die Entschlossenheit der Menschen in der Sowjetunion im Kampf gegen Hitlers Armeen. Wir erfahren, wie diese im Krieg, in dem das Extreme zum Normalen wird, sich verhalten, wie sie trotz all der Zerstörungen und Niederlagen, die sie haben hinnehmen müssen, ihre Angst vorm Tod besiegen, mit äußerster Hingabe ihr Land verteidigen, und niemals daran zweifeln, dass am Ende der Sieg ihnen gehört. Das, scheint mir, ist Grossmans Botschaft: wenn alle zusammenstehen, unabhängig von Herkunft, Geschlecht, Alter und Bildung, dann, aber nur dann, wird der Widerstand erfolgreich sein.

Darf ich Grossmans euphorischem Bild glauben? Seine Vita, inzwischen gut bekannt, spricht dafür. Ebenso der Verlauf des Krieges. Auch der umfängliche, mit Fakten gespickte Anhang. Und wer bemängelt, dass er Stalin nur gelegentlich, und dann eher mit Milde, fast könnte man sagen, mit einem gewissen Verständnis erwähnt, dann doch deshalb, um die damalige Wirklichkeit richtig abzubilden. Der gemeinsame Feind war Hitler, nicht Stalin. Im Gegenteil. Stalins unerbittliche Brutalität und bedenkenloser Einsatz, bei dem weit mehr als zehn Millionen Soldaten zu Tode kamen, hat den Sieg über Deutschland ermöglicht.

Grosmanns Beschreibungen der Wolga lassen den Krieg zumindest vorübergehend vergessen. Die sachte Strömung des mächtigen Stroms, die Luft über dem Wasser und das Farbspektrum, das durch die auf- und untergehende Sonne hervorgerufen wird, gehört zu den schönsten Naturbeschreibungen, die ich bis hierher gelesen habe.

Die Sowjetunion hat Menschen und Städte, Dörfer, Wälder und Felder opfern müssen, um die auf Vernichtung spezialisierte deutsche Kriegsmaschinerie aufzuhalten, zurückzudrängen und letztlich zu vernichten. Nirgendwo wird das vermutlich eindringlicher und realistischer beschrieben, als in Grossmans Buch Stalingrad.

Die Fortsetzung von Stalingrad ist *Leben und Schicksal.* Das Buch ist ebenso umfangreich wie das vorliegende. Kritik an den Machenschaften des politischen Systems, insbesondere Stalin, dem unumschränkten Herrscher über Land und Leute, wird hier allerdings sehr viel deutlicher.

Beide Bücher zeugen von Grossmans unverbrüchlicher Treue zu seinem Land. Aber da ist mehr – sein Mitgefühl, seine schriftstellerische Kraft, eingesetzt für alle, die im Krieg gelebt, gelitten, getrauert haben, gefallen sind, sich dem Aggressor in den Weg gestellt haben; sein Aufbegehren für all diejenigen, die auf Geheiß der Diktatoren des zwanzigsten Jahrhunderts gefoltert und geschändet und ums Leben gebracht worden sind.

Sachbücher

Sachbüchern bezeichne ich als gelungen, wenn der Inhalt relevant und die Darstellung verständlich ist, Fakten überprüft sind und dem Stand des Wissens entsprechen, eine aussagekräftige Literaturliste beigefügt ist und Textstellen, die von anderswo herkommen, gewissenhaft gekennzeichnet sind.

Sachbücher, in denen die Meinung der Autoren durchscheint, sind zum Beispiel „Die Nacht der Physiker" von Richard von Schirach oder „Macht" von Katja Kraus. Harald Welzers „Nachruf auf mich selbst" ist ein Sachbuch, in dem das Persönliche sehr viele Seiten einnimmt.

Zu den Sachbüchern gehören auch populärwissenschaftliche Bücher, die meist eine gewisse Vorbildung erfordern und zum Verständnis wichtiger Phänomene aus Natur und Gesellschaft beitragen können. In diese Kategorie fallen zum Beispiel: „Wütendes Wetter" von Friederike Otto oder „Risiko" von Gerd Gigerenzer. Die Zuordnungen sind zugegebenermaßen immer etwas willkürlich, weil Elemente aus der einen oder anderen Kategorie zum Zuge kommen können. Meine Erzählung „Die Verabredungen der fünf Doktorandinnen" ist eine Mischung aus Roman und populärwissenschaftlichen Elementen. Ein griffiger Name für diese exotische Art steht aus.

Harald Welzer: *Nachruf auf mich selbst*

Der Bestsellerautor und Soziologe beklagt die Unfähigkeit der Menschen, ein Ende zu setzen, aufhören zu können (oder zu wollen). Welzer möchte, dass die Endlichkeit des Lebens, der Tätigkeiten, der lebendigen und toten Materie, anerkannt und das Handeln und Streben danach ausgerichtet werden. Der Tod muss wieder als solcher stattfinden dürfen. Er plädiert für die Reduktion der Lebensweise, straft dessen unaufhörliche Expansion. Kritisiert die Wirtschaftsweisen, das Verlangen nach Vorhersage und ärgert sich über „imperiale" Lebensweisen.

Das alles ist bekanntlich fester Bestandteil im Ruf nach einem anderen, vor allem genügsameren Leben. Insofern könnte ich mich mit Welzer in ungefährer Übereinstimmung finden und seinem Bestseller-

Buch ein weiteres Lob zu den bereits vorhandenen hinzufügen. Tu ich aber nicht. Und diese sind meine Gründe:

1. Die ausführliche Darstellung seines Herzinfarktes. Warum muss die Leserschaft davon erfahren? Um sie von der Illusion der Unsterblichkeit zu lösen?

2. Die tristen, unscharfen, in Grau gehaltenen Abbildungen. Diese sind angesichts der heutigen Möglichkeiten der Bildwiedergabe sowie des stattlichen Preises für dieses Buch absolut inakzeptabel. Ganz zu schweigen vom EKG, in dem die schwach ausgeprägten RR-Zacken nur unter heller Beleuchtung zu erahnen sind.

3. Die Bewunderung für den Bergsteiger und Vortragsreisenden Messner. Welzer bewundert Messmers „Reduktionismus", ohne Sauerstoff den höchsten Berg der Erde bestiegen zu haben (und wer hat ihm seine Ausrüstung ins Basislager getragen?) Welzer hat mit Messmer die unverblümte Eitelkeit gemeinsam. Die er aber doch eigentlich (S.211) ablegen möchte – aber dem Professorenstand, zu dem auch er gehört, unauslöschlich zu eigen ist. Was auch das Buch-Cover beweist. Welzer in Großaufnahme; ginge es nicht ein bisschen kleiner? So schön ist er doch gar nicht.

4. Der übermäßige Gebrauch des Zitates. Das suggeriert eine gewisse Wissenschaftlichkeit des Werkes. Nicht alle, die es lesen, haben die Sozialwissenschaften erlernt, so dass die Zitate kaum die Würdigung erfahren dürften, die Welzer möglicherweise im Sinn hatte. Oder war es die Sorge, des Plagiats überführt zu werden, wenn Fremdes nicht gebührend als solches bezeichnet wird? Die allerdings ist ernst zu nehmen.

5. Ein viele Seiten umfassendes Nachwort. Das ist gleichsam die Wiederholung dessen, was vorab auf zweihundert Seiten mitgeteilt wurde.

Fazit: „Im Nachruf" geht es darum, was Welzer sein möchte – vor allem ein guter Mensch. Irgendwie rührend.

Friederike Otto (FO): *Wütendes Wetter*

Wird das Wetter – wütend, weil ihm stetig steigende Konzentration von Kohlenstoff in der Atmosphäre zugemutet wird? Oder ist es – ein Wüterich, der mit Menschen und Natur macht was es will? Oder – beides? Egal: die Autorin Dr. Friederike Otto braucht sich um derlei Spitzfindigkeiten nicht zu kümmern. Sie ist inzwischen zur Gewinnerin des Umweltpreises aufgerückt, außerdem laut Amazon die Nummer eins in der Sachbuch-Preisliste. Ich habe ihr Buch sogar in der Mediathek einer südwestdeutschen Kleinstadt gefunden. Heute habe ich erfahren, dass sie inzwischen ein zweites Buch geschrieben hat. Da ich mich einst mit ähnlichen Phänomene beschäftigt habe (siehe nach in *Extreme Events in Nature and Society*, Springer Verlag, 2005), werde ich an dieser Stelle zu einer recht umfangreichen Besprechung ausholen.

FO plagt sich nicht mit Vermutungen. Für sie steht fest, dass vor allem die spektakulären Ereignisse unter den extremen Kandidaten durch die Klimaänderung hervorgerufen, zumindest aber maßgeblich davon beeinflusst werden. Starkregen, Überflutungen, Orkane, Taifune, Hurrikans, Hitzewellen, als auch deren Gegenteil, wie Dürre, Flaute und Kältewellen werden durch zunehmenden Kohlenstoff in der Luft wahrscheinlicher. Doch nicht nur das. Die Ereignisse wiederholen sich in kürzeren Abständen, mit höherer Intensität und größerer zeitlicher und räumlicher Ausdehnung. Ihre Folgerungen: Die Eintrittswahrscheinlichkeit solcher Ereignisse könne sich in einem wärmeren Klima verdoppeln, verdreifachen oder verzehnfachen, je nachdem. Und um das Ganze noch etwas spektakulärer zu machen, erklärt FO ihre Ergebnisse kurzerhand als Beitrag zu einem neuen Typ von Wissenschaft: es ist die *Attributionswissenschaft* (event attribution science).

Ist das die neue Wissenschaft? Lange bevor FO Publikationen den

Büchermarkt bereicherten, waren Zeitungen, Klimaschützer und Wetterfrösche sich einig, dass extremes Wetter dem Klimawandel zugeschrieben werden muss. Man hatte Mutmaßungen zu Gewissheiten umgedeutet. Beweise gab es aber nicht...

Zusammenhänge zu finden ist immanenter Bestandteil jeder Wissenschaft. Im Zeitalter der Epidemiologie untersucht man z.b. die Assoziation von Lungenkrebs und Rauchen. Bekanntlich ist die Sterblichkeit wegen Lungenkrebs weitgehend auf das Rauchen zurückzuführen. Das attributive Risiko der Exponierten beträgt mehr als 90%. Allerdings ist eine Assoziation, auch wenn sie statistisch signifikant ist, nicht notwendig auch kausal.

In *Wütendes Wetter* wird an Hand mehrerer Beispiele erläutert, dass die Wetterfrösche Recht haben, wenn sie Wut und Wetter auf die Erderwärmung zurückführen.

Warum das so ist, habe ich aus dem Buch nicht wirklich erschließen können.

Zur Methodik, die angewendet wurde, um die These zu untermauern, habe ich, wenn auch nicht ohne Mühe, folgendes herausgelesen.

FO arbeitet mit zwei Modell-Typen, ich nenne sie *alt* und *neu*. In *neu* steigt der Kohlenstoff-Eintrag, in *alt* ändert er sich nicht. Für die folgenden Schritte habe ich eine Art Rezept zusammengestellt:

(1) Beschaffe Datensätze zu Extremereignissen.

(2) Trimme die Klima-Modelle, so dass sie extreme Ereignisse erzeugen.

(3) Ändere die Start-Bedingungen der Modelle und mach aus den Ergebnissen eine Statistik.

(4) Vergleiche die Eintrittswahrscheinlichkeiten der Ereignisse aus den beiden Modellen.

(5) Gleiche das mit den empirischen Daten ab.

(6) Freue dich, wenn das Modell *neu* mehr extreme Ereignisse simuliert als Modell *alt*; freue dich noch mehr, wenn diese in *alt* ausbleiben oder zum Beispiel weniger heftig oder zeitlich und räumlich begrenzter ausfallen.

Sollte das Rezept versagen, muss ich Wichtiges missverstanden haben. Abgesehen von meiner vielleicht begrenzten Auffassungsgabe, könnte das auch daran liegen, dass in *Wütendes Wetter* viel durcheinander geht. Berichte über den *Harvey-Wirbel* wechseln mit Erläuterungen zum Klima; kurze Beschreibungen der benutzten Verfahren mit Arbeits-Ergebnissen, gelegentliche Rückschläge mit zahllosen Erfolgen. Hier hätte es gut getan, die Neugierde der Leserschaft zu stillen, indem FO die zahlreichen Gutachten veröffentlicht, die sie zu ihren Arbeiten erhalten haben soll. Das wäre ein Beitrag zur *offenen Wissenschaft*, die ja durchaus in ihrem Interesse zu liegen scheint; im Übrigen dringend überfällig ist, angesichts der Anonymität von Gutachtern, voreingenommenen Berufungen, einseitigen Verteilung der Forschungsgelder...

Es fehlt eine übersichtliche Auflistung der untersuchten Ereignisse, und es mangelt an der detaillierten Beschreibung der Ergebnisse. Mehr davon und etwas weniger Selbstbeschreibung – das hätte dem Buch gewiss gut getan.

So ist ihr Buch für mich vor allem der Werdegang einer unbekannten Studentin hin zu einer vielgefragten und mit Preisen überhäuften Persönlichkeit und Forscherin. Die es den Männern zeigt: mit unerschütterlicher Selbstgewissheit, brennendem Ehrgeiz, gigantischem Arbeitspensum, herausragendem Kommunikationstalent in Lichtgeschwindigkeit nach den Sternen greifen. Raus aus dem Elfenbeinturm, hin zu sozialer Anteilnahme und leidenschaftlicher Anklage, wenn es darum geht, die Schuldigen an den Extremereignissen zu finden und sie ihrer *gerechten* Bestrafung zuzuführen.

Fazit: das Buch ist schlecht geschrieben. Es hätte angesichts der Bedeutung dieser und ähnlicher Forschung eine konsistente Darstellung verdient. Aber es enthält interessante, diskussionswürdige Beispiele. Ferner ist es ein wichtiges Dokument, das zeigt, wie Frauen in der männlich dominierten Wissenschaft Bedeutung erlangen und Positionen erobern können. FO ein Vorbild für Frauen, die in der Wissenschaft etwas werden wollen? Ja, auf jeden Fall.

Allerdings: auch wenn in diesem Buch (und der einschlägigen Fachliteratur) einige Beispiele angeführt werden, welche die Erderwärmung als Auslöser für extreme Wetterereignisse plausibel erscheinen lassen, heißt das nicht, dass diese samt und sonders durch die Klimaerwärmung erzeugt oder verstärkt werden. Um auch nur den Anschein der Voreingenommenheit in diesem heiklen Gebiet zu vermeiden, kommt es darauf an, jedes bedeutende Ereignis nach den Regeln der Kunst zu untersuchen. Friederike Otto hat die Initiative ergriffen und gezeigt, wie das im Prinzip gehen könnte.

Katja Kraus: *Macht*

Der Autorin ist gelungen, wovon die Presse träumt: Prominente, die Bedeutung und Macht verloren haben, man könnte auch sagen, mehr oder weniger gescheitert sind, öffnen ihr Innerstes und erzählen über Erfolg und Misserfolg.

Sie haben sich der Richtigen anvertraut. Die Ergebnisse der Gespräche enthüllen nichts Neues, enthalten keine Überraschungen, am Ende des Buches wissen wir immer noch nicht, ob Engholm seinen einstigen Feind Barschel umgebracht hat oder ob dieser selbst Hand an sich gelegt hat. Aber sie haben zutage gefördert, was vielleicht nicht so bekannt war: die Gestrauchelten bleiben ein Leben lang Ministerpräsident, Chefredakteur, die bessere, aber verhinderte Bundespräsidentin... wie Helmut Schmidt Zeit seines Lebens Bundeskanzler geblieben ist. Alle glauben sie kurioserweise und unverrückbar an ihre besondere Bedeutung, mit einer Ausnahme vielleicht: Andrea Ypsilanti. Sie ist mir die Sympathische in der Reihe von eher wenig sympathischen, vorwiegend männlichen Prominenten. Was mich aber besonders angesprochen hat, ist die Art und Weise, wie die Autorin die Verlautbarungen der diversen Personen zusammenfasst, vergleicht und interpretiert. Das ist hohe Kunst!

Ich habe auch das Vorwort zu diesem Buch gelesen. Darin wird – wie üblich – mit wenigen Worten verraten, was im Hauptteil zu erwarten ist. Schade nur, dass sich Katja Kraus dabei überhoben hat. Manche Sätze sind unentwirrbar, schlichtweg unlesbar.

Glücklicherweise wird dadurch die Bedeutung des Buches nicht merklich geschmälert. Es ist ein sehr interessantes, lesenswertes und wichtiges Buch.

Gerd Gigerenzer (GG): *Risiko*

In Kapitel 9 des Buchs kommt, was Ärzte wissen müssen. Es geht um die richtige Bewertung von medizinischen Testergebnissen und den Nutzen von Vorsorge. Bekanntlich kann das Ergebnis eines Test eine von vier Möglichkeiten sein: falsch positiv bzw. negativ und richtig positiv bzw. negativ (Seite 221 oder 225). Die Wahrscheinlichkeit, tatsächlich krank zu sein, wenn positiv getestet wurde, hängt von mehreren Faktoren ab. Der offenbar wichtigste Faktor ist die Prävalenz (Anzahl der Erkrankungen pro Bevölkerung). Es gilt: je höher die Prävalenz, desto sicherer ist das Testergebnis.

Doch Vorsicht ist geboten. Es handelt sich um Wahrscheinlichkeiten. Der individuelle Fall mag ganz anders liegen: trotz hoher Testwahrscheinlichkeit auf krank bist de facto du gesund!

Folglich ist die Rechnerei keine Entscheidung, nur eine Entscheidungshilfe, ob bei positivem Befund weitere Maßnahmen (Röntgen, Eingriff, etc.) ergriffen werden sollten. Das gleiche gilt, im Prinzip zumindest, auch bei negativen Ergebnissen. Gelegentlich bedarf es eben des gesamten Instrumentariums der modernen Medizin, um ein sicheres *ja* oder *nein* herauszufinden.

GG konstatiert große Ahnungslosigkeit vieler Ärzte, wenn es um die Interpretationen von Testergebnissen geht. Die Bedeutung von Wahrscheinlichkeit ist den meisten kaum geläufig. Das bestätigt meine eigenen Erfahrungen. Ob GG, wie von ihm selbst behauptet, tatsächlich der erste ist, der das herausgefunden hat, würde mich aber wundern, angesichts der Tatasche, dass es seit ewigen Zeiten Ärzte gibt und seit hundert Jahren Teste und Testergebnisse, die gedeutet werden müssen.

Ausführlich diskutiert GG das Problem der Risiko-Falle. Man fürchtet sich, zum Beispiel, vor dem Angriff eines Hais, aber ist ganz unbesorgt, tausend Kilometer im Auto zu fahren. Doch das Risiko, einen

Autounfall zu erleiden, ist um Zehnerpotenzen größer als beim Baden vom Hai attackiert zu werden. Das Beispiel hinkt wie jedes, das von falschen Voraussetzungen ausgeht. Wenn Mann in einem Bassin badet, das von Haien wimmelt, sollte er lieber die lange Autofahrt auf sich nehmen.

GG vermittelt, dass in jeder Entscheidung das Risiko lauert, unter den vielen Möglichkeiten, die existieren, sich für die falsche zu entscheiden. Zu früh geheiratet, den unpassenden Beruf, den inkompetenten Arzt gewählt... Was tun? Hier kommt GGs Bauchgefühl zur Anwendung. Dabei handelt es sich um Intuition, laut GG Ausdruck einer unbewussten Intelligenz. Bildung, viel Erfahrung, Unvoreingenommenheit und Verstand sind vonnöten, um Bauchgefühl zu entwickeln, eine Art von Risiko-Kompetenz zu erwerben. Ob es hilft beim nächsten Angriff eines Hais?

Wann Entscheidungen vom Bauch her oder mittels Informationen gefällt werden, hängt von den Umständen ab. Wenn Informationen vorhanden sind, würde ich diese verwenden, um meine Entscheidung zu finden; die Intuition, wenn solche nicht verfügbar sind.

Wie Wahrscheinlichkeiten verstehen, wie mit ihnen umgehen? Dazu gibt GG gleich zu Anfang des Buchs Hilfestellung: Was bedeutet es, zum Beispiel, wenn der Wetterbericht eine Regenwahrscheinlichkeit von 30% vorhersagt?

GGs Interpretation halte ich nicht für erhellend. Wie ist es mit dieser: Die Wetterfrösche starten ihre Simulationen mit jeweils unterschiedlichen Ausgangsdaten, die die Unsicherheit der Messdaten wiedergeben. Sie erhalten dann verschiedene Resultate für den jeweiligen Vorhersagezeitraum: in drei von zehn Fällen signalisieren die Simulationen das Ereignis „Regen". Anders ausgedrückt: die geschätzte Wahrscheinlichkeit beträgt 30%, dass es in den nächsten Stunden, am nächsten Tag usw. regnet.

Alles in allem ist *Risiko* ein wichtiges Buch, das ich vor allem Ärzten und Ärztinnen, gleich welcher Fachrichtung, sowie allen anderen wärmstens empfehle, die Ängste quälen, die richtige Entscheidung zu treffen.

Matthias Horx: *Zukunft wagen.*

Hier haben wir es mit einem Zukunftsforscher zu tun. Ausnahmsweise jemand, der Optimismus verbreitet. Sein Credo: Mutig der Zukunft entgegensehen, besser noch: mutig sie gestalten. Den besorgten, zumeist auch unentschlossenen und risikoscheuen Leser richtet er mit der einfachen Formel auf, dass (fast) alles viel besser ist und auch sein wird, als der Verzagte glaubt. Als Beweis für seine positivistische Zukunftsperspektive präsentiert Horx seinen Vater: Dieser habe, wie so manch anderer um die Zukunft bangender Zeitgenosse, vor fünfzig Jahren den Atomkrieg heraufziehen sehen und sich deshalb mit einer Unmenge Nahrungsmitteln eingedeckt, die dann später, als sich alles als fehlgeleitete Phantasie herausgestellt hatte, mit Mühe und Verdruss verzehrt werden mussten.

Aber natürlich macht er es sich so einfach auch wieder nicht. Er plädiert für den klugen Umgang mit dem Unvorhersehbaren. Und er hat viel Literatur gelesen und sich daraus sein Bild über die Zukunft zusammengeschnitten. Das mag in einigen Fällen durchaus zutreffend sein; im Großen und Ganzen sind seine Verkündigungen, wie bei allen sogenannten Zukunftsforschern, aber nichts anderes als Prophetie. Denn der Leser sucht in seinem Buch vergeblich nach der gewissenhaften Erhebung und Auswertung von Daten, Zeitreihen, Meinungsumfragen; findet kaum etwas, das auf die Konstruktion und Simulation von Computermodellen verweist, dem Mittel der Wahl, wenn es um die Identifizierung von Trends geht. Und wie schwer ist es, systematische von zufälligen Trends zu unterscheiden! Es reicht doch einfach nicht, wenn Horx die Arbeiten anderer her nimmt und daraus seine Vision von der Zukunft zu stricken versucht. Wie vertrauenswürdig sind sie? Die Vertrauenswürdigkeit ist das A und O jeder Statistik. Die aber ist nicht das Ding von Horx. Er wirft mit großen Begriffen um sich, komplexe Systeme haben es ihm angetan, da darf die Selbstorganisation nicht fehlen, Entropie und Emergenz werden mehrfach zitiert, und an der nicht mehr ganz aktuellen Einkommensverteilung von *Pareto* kommt auch Horx nicht vorbei. Ob er diese inhaltsschweren Begriffe, die vor zwanzig Jahren Furore gemacht haben, wirklich verstanden hat?

Da bin ich im Zweifel: „Wo Evolution endet, beginnt die Entropie, der Zerfall des Komplexen in lauter kleine Einheiten" (S. 106). Aber seine Thesen sind eingängig und werden den „Freien Demokraten" gefallen. Den um die Zukunft besorgten, eher „Grünen", sicher weniger.

Gleichwohl habe ich durchaus Nutzen aus Horxens Buch gezogen. Seine Literaturliste ist gigantisch und hat mich zur Lektüre der einen oder anderen Veröffentlichung angeregt. Fazit: wer die flotte Phrase liebt, ist bei Horx richtig. Wer es anspruchsvoller haben will, mehr Substanz und weniger Appell bevorzugt, wer der Angelegenheit auf den Grund gehen möchte, ohne ihn selbstredend je zu erreichen, sollte sich andere Bücher vornehmen. Ich denke in diesem Zusammenhang an *John Horgan*. den ich als nächsten vorstelle.

John Horgan: *The end of science*

Einer der vermutlich bedeutendsten Wissenschaftsjournalisten unserer Zeit hat es mit dem „Ende". In seinem Buch *The end of war* geht es um die Beendigung jedweder militärischer Aktion, und im vorliegenden *The end of science* beschäftigt er sich mit der Frage, ob die Wissenschaft, genauer gesagt, die naturwissenschaftliche Grundlagenforschung, ihr Pulver verschossen hat. Sind die wesentlichen Fragestellungen in der Physik, Biologie, Neurowissenschaft geklärt? Können die noch offenen Probleme, wie Entstehung des Weltalls, des Lebens, die Funktionen des Gehirns oder die Mechanismen, die Bewusstsein, Gefühle, Entscheidung, Wille, Erinnerung erzeugen und steuern, überhaupt je beantwortet werden?

Horgans Buch beginnt mit „Ich" und endet mit „Ich".

Dazwischen liest man auf knapp 300 Seiten seine aufschlussreichen, zugleich amüsanten Interviews mit vielen hochkarätigen Wissenschaftlern, vorwiegend Amerikaner und eingestreut, seine (wohltuend) respektlosen Ansichten zu den Aussagen der Befragten und den Befragten selbst. Sein Fazit: die Naturwissenschaft ist die Wissenschaft schlechthin. Nur sie hat das Potential, die Probleme der Welt zu lösen. Aber es ist möglich, sogar wahrscheinlich, dass sie ihren Zenit bereits überschritten hat, in Zukunft mehr noch als bisher schon, Bekanntes verfeinern und ausarbeiten wird, aber die Jahrtausende alten Fragen nach der Entstehung und Entwicklung des Menschen und des Weltalls, unter anderen, nicht wird klären können.

Die Lektüre von Horgans Buch erfordert ein gewisses Verständnis der neueren Physik, Biologie und Computerwissenschaften; dieses vorausgesetzt, ist es leicht und äußerst gewinnbringend zu lesen.

Jorgen Randers: *2052*

Auch Randers könnte man als Zukunftsforscher bezeichnen. Vierzig Jahre globale Entwicklung vorauszusagen, ist riskant. Weil die Dynamik der relevanten Größen, wie zum Beispiel Bevölkerung, Arbeit, Energieverbrauch, Verkehr, medizinische Versorgung, Nahrungsmittelproduktion und vieles mehr nicht in Gleichungen festgeschrieben ist. Selbst wenn sie es wäre, würde ein konsistentes globales Modell, das die Änderungen von Ökologie und Klima einkoppelt, mit den gegenwärtig zur Verfügung stehenden Mitteln kaum realisierbar sein. Will man dennoch diese Größen in die Zukunft fortschreiben, ist man auf Mutmaßungen angewiesen; zwar gibt es Zeitreihen (fehlerbehaftet und lückenhaft), aber das Problem ist auch hier, sie in die Zukunft zu verlängern. Es ist diese Kritik, die den Autoren des viel zitierten *Limit of Growth* schon 1972 entgegen gebracht worden ist.

Dennoch. Damals wurde eine hitzige, ich glaube sogar fruchtbare Debatte angestoßen, und auch heute ist Randers Neuauflage alles andere als irrelevant: weil im Buch treffend die Probleme beschrieben werden, mit denen die Erdbevölkerung jetzt und in Zukunft konfrontiert werden. Es sind die „Glimpses", die mir gefallen. Für diese hat der Autor zweifellos kompetente Leute gewonnen.

Und er hat viel Literatur zum Weiterlesen gelistet.

Andererseits suggeriert Randers, belastbare, echte Vorhersagen generiert zu haben. Das ist nicht der Fall. Die Ergebnisse sind eher eine Form von Plausibilitätsbetrachtungen, Schätzungen für die fünf Regionen, in die er die Erde unterteilt, basierend auf einer Menge historischer Daten und einigen (verborgenen) Annahmen über deren Zusammenhang. So richtig „wissenschaftlich" ist das nicht. Und es ist nicht einmal sicher, ob die vom Autor identifizierten „main drivers" vollständig sind. Ob andere, wie etwa die weitere Zunahme der Urbanisierung und die zu erwartende massenhafte Migration aus den Gebieten, wo Hunger, Krankheit, Wetterextreme und Krieg herrschen, nicht stärker gewichtet werden müssten.

Gleichwohl, wer sich über die brennenden Fragen der Zeit orientieren will, und dabei die Meinung von Experten aus den verschiedenen Wissensgebieten dankbar zu Hilfe nimmt, wer darüber hinaus auch eine Vorstellung vermittelt bekommen möchte, wie sich die Dinge in der ferneren Zukunft entwickeln können, ist mit diesem Buch sicher gut beraten.

Wer außerdem noch wissen möchte, was zu tun ist, damit Randers eher pessimistische Ankündigungen nicht eintreten, bekommt auf dreißig Seiten Text eine Reihe Anregungen, deren Realisierung die Leser für den Rest ihres Lebens beschäftigen werden. Wer allerdings erwartet, ein wissenschaftlich solides Weltmodell präsentiert zu bekommen, das nach Form und Inhalt ähnlichen Ansprüchen wie die aktuellen Klimamodelle genügt, der muss noch warten. Zumindest etwas hat sich aber auch in dieser Richtung schon getan. Die Verknüpfung von Ökonomie und Klima in Form mathematischer Modelle ist in Angriff genommen; weitere Forschung dazu wird von der EU gefördert.

R. von Schirach: *Die Nacht der Physiker*

Hier ist ein Buch, das über die Verstrickungen deutscher Wissenschaftler in den beiden Weltkriegen Zeugnis ablegt. Die nach dem Exodus der jüdischen Wissenschaftler übrig gebliebenen deutschen Physiker und Chemiker scheiterten, wie bekannt, am Bau der Bombe. Wenn auch mit den Grundlagen der Kernspaltung vertraut, zum Teil von ihnen selbst entdeckt und entschlüsselt, waren sie nicht in der Lage, das Projekt wissenschaftlich wie technologisch zu stemmen. Was wäre aus der Menschheit geworden, wenn ihnen der Bau der Bombe gelungen wäre?

Von der Bombe und den daran beteiligten Wissenschaftlern erzählt Richard von Schirach, Bruder von Ferdinand, der sich seit geraumer Zeit mit fiktionalen Erzählungen aus seiner beruflichen Welt von Urteil und Verbrechen Ansehen erworben hat. Richard berichtet glaubwürdig, unter Nennung der Quellen, auch über den Chemiewaffeneinsatz des ersten Weltkriegs. Da sehen selbst Hahn und Franck, beide Nobelpreisträger, unter anderen, gar nicht mehr so gut aus, wie das die offizielle Sprachregelung hat Glauben machen wollen. Ein Verdienst des Buches, vor solchen Offenlegungen nicht zurückzuscheuen. Andererseits: Wer wollte es den Forschern verdenken. Der Forscher ist einer der Ehrgeizigsten weit und breit; er will der erste sein, der den Mechanismus versteht, das Gerät bauen kann. Dem ersten gebührt der Ruhm, und der ist ihm wichtiger als die Moral. Dann kann es auch eine Bombe sein, insbesondere, wenn diese den Krieg vorzeitig beenden hilft. So argumentierte die eine wie die andere Seite. Und so kam es zum Abwurf der Bombe über Hiroshima und Nagasaki.

Sicher ist vieles längst bekannt, aber der Autor hat durch seine Auswahl des umfangreichen Materials das eine oder andere in etwas anderem Licht erscheinen lassen. Ich war erstaunt, dass Professor *Erich Bagge* dem Team von Heisenberg und Co angehörte. Bagge war in der Bundesrepublik einer der prominenten Verfechter der Kernenergie und somit beliebte Zielscheibe der Anti-AKW-Bewegung. Er war schon emeritiert, aber immer noch aktiv und sehr einflussreich, als ich an sein Institut kam. Ein wissenschaftlich wie körperlich raumfüllender Mann. Jedenfalls fand ich ihn nicht unsympathisch, aber habe erst aus Schirachs Buch über seine Vergangenheit erfahren.

Die Fotos im Buch sind hilfreich, es hätten sogar mehr sein können. Ein Buch, das zu lesen sich lohnt, auch wenn der Preis etwas zu üppig erscheint.

Thomas Theis: *Einstieg in Javascript*

Ein gelungenes Buch! Mir gefällt vor allem, dass der Verfasser auch das Rechnen nicht vernachlässigt, das ich für eine der Stärken von Javascript halte. Er zeigt, wie mit Javascript mathematische Formeln schnell, atemberaubend schnell und höchst präzise ausgewertet werden können.

Ein weiterer Vorteil des Buches sind die Beispiele, die sich der Autor ausgedacht hat. Die haben zum Teil einen naturwissenschaftlich-technischen Hintergrund und eignen sich vortrefflich für Animationen, wie z.b. die Wurfparabel oder die Bewegung eines Körpers entlang einer vorgegebenen Linie. Vieles wird mit mehr, einiges mit weniger Umfang erklärt und gut nachvollziehbar als Code vorgeführt. Der dann auch tatsächlich funktioniert.

Einiges könnte dennoch verbessert werden.

1. Die verschiedenen Formen der „Funktion", die ein zentrales Element von Javascript (und anderer Programmiersprachen) ist. In Javascript scheint sie mir besonders vielseitig und verleitet zu schwer auffindbaren Fehlern. Wann zum Beispiel empfiehlt es sich, die rekursive oder anonyme Form zu verwenden, wann die call-back Methode, wann die Funktion mit oder ohne Rückgabewert? Weitere Beispiele wären von Vorteil gewesen.

2. Programme, die auf Javascript basieren und dieses erweitern, zum Teil vereinfachen. Davon gibt es inzwischen viele, und es werden immer mehr. Eine Liste dazu und die jeweiligen Charakteristika wären höchst hilfreich, insbesondere auch, was die auf Javascript basierenden Programme zum Zeichnen von Kurven etc. betrifft. Sollte eine weitere Auflage kommen, bedarf dieser Aspekt der Ergänzung.

Davon abgesehen, ist das Buch mehr als nur eine Einführung in Javascript. Mir hat es geholfen, meine Webseite mit zahlreichen Simulationen physikalischer Prozesse, animiert und interaktiv, zu bestücken. Nachteil: Fragen von mir wurden nicht beantwortet.

N. Chomsky/A. Vitchek: On western Terrorism

Die Geschichte lehrt, dass Terror überall und zu jeder Zeit die Menschen bedroht. Zu einem besonders bösartigen entwickelte sich ab 1945 der amerikanische Terrorismus. Er droht, angesichts des aktuellen von russischer, palästinensischer und israelischer Seite, im Westen aus dem Blick zu schwinden. Noam Chomsky, der alte, der ganz große amerikanische Linguist und Anarchist, hält dagegen. Er erinnert zusammen mit Andre Vitchek an die Gräuel der amerikanischen Politik, beginnend mit dem Abwurf der Atombombe bis hin zum Drohnenkrieg von heute. Ich halte dieses Buch für eine Pflichtlektüre, damit nicht in Vergessenheit gerät, welches Ausmaß an Terror Regierungen und die unter ihrem Befehl agierenden Geheim- und Militärdienste zu verüben willens und in der Lage sind. Dass die amerikanischen Regierungen auch auf diesem Gebiet führend sind, wird mit diesem kleinen Buch, ob man will oder nicht, ins Bewusstsein geschrieben.

Theatergespräche

Über Gespräche unter vier Augen
Über heitere und heikle Themen

Berühmtheiten der wirklichen Welt haben mich inspiriert, sie in eine virtuelle zu portieren. Sie erinnern mit Namen (Entschuldigung!) und Verhalten an ihre berühmten und bekannten Vorbilder, sind aber ansonsten Erzeugnisse der Künstlichen Realität. Und so geht es: Zwei Personen sitzen gegenüber und haben Gelegenheit, auszusprechen, was sie so womöglich nie gesagt haben, aber nach allem was man über sie weiß, gesagt haben könnten. Es wird imitiert, parodiert und karikiert... Gegebenenfalls gesellt sich eine erfahrene Moderatorin dazu. Sollten nämlich die Debattanten aneinander geraten, würde diese den Streit schlichten. Es wird darauf geachtet, dass die Diskussionen Respekt und Anstand, vor allem aber die guten Sitten nicht verletzen.

Wer ist die Schönste im ganzen Land?

Im Herbst des Jahres 2024:
Ein runder Tisch wird auf die Bühne getragen und drei Stühle werden dazugestellt. Zwei Frauen, mit Anfangsbuchstaben B. und W., setzen sich so, dass sie einander in die Augen sehen können. Damit Schlimmeres verhindert wird, setzt sich die Moderatorin M. dazu.

Vorhang auf für die Damen B.M.W.

M.: *Man sagt Ihnen nach, Sie beide seien wie Feuer und Wasser. In einer Umfrage wurden Sie in genau einem Punkt allerdings für sehr ähnlich befunden...*
W., unterbricht: Da bin ich platt. Was kann das sein?
M.: *Dreimal dürfen Sie raten.*
W.: Unsere gegenständlichen Namen?
M.: *Auch nicht schlecht. Aber Nein.*
B.: Unser Narzissmus?
W.: Das von Ihnen zu hören, ist allerdings interessant.
M.: *Wäre denkbar. Erneut nein.*
B.: Unsere gepflegte Erscheinung?
M.: *Ja!! Stets anders gewandet und kunstvoll geschminkt.*
W.: Da hatte ich mir etwas Bedeutenderes gewünscht. Aber an dieser Stelle, damit ich es nicht vergesse: Dank den geschickten Kosmetikerinnen!
M.: *Die Schminkerei dürfte ordentlich Geld verschlingen. Bei Frau B. soll die Kosmetik Hunderttausende pro Jahr kosten. Die gehen zu Lasten der Allgemeinheit, Frau B.!*
B., aufgeregt, die Stimme hochgestellt: Aber ich bitte Sie! Einen beträchtlichen Teil meines Erfolges habe ich meinem Outfit zu verdanken. Das darf dann wohl auch mal etwas kosten.
M.: *Wie ist das bei Ihnen, Frau W.? Wer bezahlt Ihnen die Staffage?*
W.: Mein Mann.
M.: *Ach wie schön. Soweit ich weiß, tun das Männer nur, wenn sie alt sind und eine Frau erobern wollen, die mindestens dreißig Jahre*

jünger ist.

W.: Damit liegen Sie bei mir nicht ganz so falsch.

M.: *Aber kommen wir zu Wichtigerem. Da gab es eine weitere Umfrage. Es wurde gefragt, wer sympathischer ankommt. Das war...*

W., unterbricht: Natürlich Frau B.

M.: *Und wer, meinen Sie, hat die besseren Argumente?*

W.: Natürlich ich.

M.: *Bravo. Sie haben beides mal richtig gelegen.*

B., erbost: Haben wir mehr zu diskutieren? Wenn nicht, würde ich das Gespräch für beendet erklären.

M.: *Ich bitte Sie! Also, meine Damen, jetzt geht es doch erst richtig los. Frau W., von Ihnen gibt es seit einigen Wochen ein Parteiprogramm, in dem die Ziele der von Ihnen gegründeten Partei skizziert werden. Unter anderem entwerfen Sie eine Gesellschaft, von der ich annehme, dass sie ihren Wünschen entspricht. In der sollen nur diejenigen gewinnen, „die sich anstrengen und gute, ehrliche Arbeit leisten". Das hört sich ganz nach CDU an.*

W.: Und wenn schon. Kann ich dafür, dass die CDU ähnliche Vorstellungen pflegt? Die Unterschiede sind doch aber eklatant: die CDU will Krieg, die Grünen auch, wir aber wollen Frieden...

B., unterbricht: Nun lassen Sie mich mal reden. Denn wenn Sie loslegen, besteht die Gefahr, dass Sie nicht wieder aufhören. Um den Frieden wiederherzustellen, muss Putin weg. Er muss verlieren. Daran arbeiten wir, die Grünen, dafür bin ich Tag für Tag unterwegs, dafür stehe ich. Ich bin zuversichtlich, dass wir mit unserem Einsatz Russland zu Fall bringen werden.

W.: Den Krieg auf unbestimmte Zeit verlängern, bedeutet dass die Verluste ins Unermessliche wachsen: Menschen sterben, Natur stirbt, das Land als ganzes droht zu kollabieren. Das kann doch niemand, der denken und fühlen kann, ignorieren oder gar wollen.

M.: *Eine andere Aussage in ihrem Programm beschäftigt sich mit der heiklen Frage der Zuwanderung. Auch hier sind Sie wieder ganz nah bei der CDU. Im übrigen auch bei der AFD.*

B.: Müssen wir hier wirklich über das Programm von Frau W. reden?

Das ist doch nur eine lose Sammlung von Populismus und Plattitüden, da findet sich nichts mehr von den klassischen Ideen der sozialen Bewegungen, die bis heute nicht eingelöst sind. Die diese Frau (sie zeigt auf W.) einst durchaus mit Scharfsinn vertreten hat.

W.: Jetzt haben Sie aber einen Punkt gesetzt, Frau B.! Sie als Repräsentantin grüner Ideen, einer Spielart des Liberalismus, der von den Zukunftsängsten der Bessergestellten getränkt ist, gerade Sie vermissen in meinem Programm die nicht realisierten Forderungen der Arbeiterbewegung! Herrlich!

Aber jetzt zu Ihnen, Frau M. und dem Problem der Migration, unter dem dieses Land ächzt. Ja, da haben ich und meine Partei erhebliche Vorbehalte, was den weiteren, unkontrollierten Zuzug nach Deutschland betrifft. Wir sind in Europa ja am meisten betroffen. In der Tat, ich bekenne mich vorbehaltlos zu einer kontrollierten, mithin geringeren Zuwanderung. Hier geht es natürlich auch um eine Abgrenzung zu Ihnen, Frau B., speziell zu der merkwürdigen Art von Humanismus, der bei den Grünen gepredigt wird.

M.: *Frau B., hat Frau W. nicht Recht, wenn sie den Zuzug auf ein verträgliches Maß reduzieren will?*

B.: Die reine Menschlichkeit verlangt, dass wir den nach Schutz Suchenden eine sichere Bleibe ermöglichen. Egal, von wo sie kommen. Restriktionen, mit denen Frau W. Stimmen einfangen will, darf es bei uns nicht geben. Uns geht es gut, wir haben die Verpflichtung, jenen etwas davon abzugeben, denen es schlecht geht. Im Übrigen möchte ich darauf verweisen, dass Frau W. in unerlaubter Weise mehr Redezeit in Anspruch nimmt, als vorweg vereinbart. Wenn das so weitergeht, muss ich abbrechen!

M.: *Frau B., seit wann so empfindlich? Sie sind doch sonst so robust. Frau W. liebt die Aus- und Abschweifungen, wollen wir ihr das nehmen? Nein. Also zurück zur Migration. Frau B.! Ihre Einstellung kostet Ihnen Zustimmung bei Ihren Wählerinnen und Wählern. Die wenden sich ab und landen womöglich bei Frau W. Macht ihnen das keine Sorge?*

B.: Nicht die Spur einer Sorge. Wir haben unser festes Wählerinnen-

Potential, die lassen sich von so einer wie Frau W. nicht verrückt machen. Wir werden zu verhindern wissen, dass Frau W. nennenswerten Zulauf bekommt.

M.: *Da bin ich gespannt. Frau W., ich rätsele noch an dem Begriff des „merkwürdigen Humanismus", den sie bei den Grünen ausgemacht haben. Was wollen Sie damit ausdrücken?*

W.: Wenn demnächst, wie von der Regierung geplant, der bekanntlich auch Frau B. angehört, nur die Einreisewilligen begrüßt werden, die als Qualifizierte den Niedergang unseres Landes aufzuhalten vermögen, dann ist das nichts anderes als Kolonialismus der neueren Art. Und das wird, um noch an ein anderes, irreführendes Wort zu erinnern, „wertebasiert" genannt. Gerade die ausgebildeten Leute brauchen die nicht entwickelten Länder, um sich zu entwickeln – und die nehmen Sie ihnen weg...

B., unterbricht: Also das ist doch die Höhe! Wie Sie aus gut böse machen, das ist perfide. Wir qualifizieren die fortgeschrittenen unter den Flüchtlingen, damit sie auf den Stand des Wissens gebracht werden, der auf dem Arbeitsmarkt verlangt wird! Wir machen sie konkurrenzfähig!

M.: *Frau W., in ihrem Programm fehlt auch nicht der Sozialstaat. Auf eine Formel gebracht, würde ich sagen: Der soll den weniger Begünstigten geben und von den Begünstigten nehmen. Die weniger Begünstigten, das sind Rentner, Kranke, Arbeitslose, Alleinerziehende, Geringverdiener. Wie soll das gehen?*

W.: Unter anderem, vor allem durch Erhöhung der Einkommenssteuer und Erbschaftssteuer bei denen, die zu viel Geld haben. Diese herauszufinden, ohne neue Ungerechtigkeiten einzuführen, überlasse ich den Ökonomen. Das müsste doch eigentlich auch die Zustimmung der Grünen finden, oder?

B.: Im Prinzip ja, aber wenn das aus dem Hause der Frau W. kommt, dann natürlich nicht. Gleichwohl: Ähnliches haben auch wir im Programm, so dass der Verdacht nicht von der Hand zu weisen ist, dass W. von uns abgeschrieben hat.

M.: *Trotzdem: Warum reichen Sie sich nicht die Hände beim Umbau des Steuersystems?*

B.: Weil Frau W. nichts anderes macht als sich hinzustellen und diejenigen, die wirklich hart arbeiten, wie zum Beispiel wir in der Regierung, in schamloser Weise, absolut unqualifiziert, uns madig zu machen versucht. . .

W., unterbricht: Da haben Sie sich aber ein Eigentor geschossen. Sie und hart arbeiten! Dann gehen Sie mal für eine Woche als Nachtschwester ins Krankenhaus nach Duisburg. Ich an Ihrer Stelle wäre etwas bescheidener, wenn es um die Geringschätzung des Gegners geht. So wenig durchdacht, wie Sie sich in der Öffentlichkeit präsentieren, so simpel auch, wie Sie die politische Welt deuten, so unbedarft ihre Schlussfolgerungen, so eitel ihr Auftreten – das sucht ihresgleichen!

M.: *Nun beruhigen Sie sich, Frau W., Sie sind weit über das hinausgegangen, was Frau B. angestoßen hat. Wir sollten uns hüten, Töne anzuschlagen, die bei Männern üblich sind. Gab es da nicht mal die Losung, wir Frauen halten zusammen?*

W.: Wie kann ich, wenn diese Frau hier den Krieg verlängern will. . .

B.: Wie kann ich, wenn diese Frau hier das Land spalten will. . .

W.: Wie kann ich, wenn diese Frau hier der *leisure class* das Wort redet, eine grünliche FDP repräsentiert. . .

B.: Wie kann ich einer Putin-Anhängerin. . .

M.: *Also nun mal Schluss, meine Damen. Sie haben ihre Rollen zur Wirkung gebracht. Die Deutschen werden sich ihre Meinung bilden, und Sie werden es am Wahlabend erfahren. Seien Sie vergewissert: wie wäre es um die liberale Demokratie bestellt, gäbe es nicht solche wie sie beide! Reichen Sie sich die Hände!*

M. und B. beglückwünschen sich, drücken die Hände, umarmen einander; sie blicken mit schelmisch aufgesetztem Lächeln in die Handycam von M.

Scholz versus Selensky I

Beginn des Jahres 2023.
Friedensgespräch zwischen Scholz, Bundeskanzler von Deutschland
und Selensky, Präsident der Ukraine, Teil I. Auf Vermittlung des
türkischen Präsidenten irgendwo in der Türkei. Die beiden wähnen
sich unbeobachtet. Doch Erdogans Geheimdienst hat die ausländi-
schen Dienste ausgetrickst: Erdogan hört und sieht mit.

SCHOLZ, *in Anzug, Krawatte und gebügeltem weißen Hemd*: Herr
Selensky, ich vermute, Sie sind zufrieden, nachdem wir Ihnen den
Wunsch nach Kampfpanzern erfüllt haben.

SELENSKY, *in weltweit bekanntem Outfit, grünes Hemd und unbeklei-*
dete Arme, heroisch: Fürs erste: ja.

SCHOLZ, *bekümmert*: Nun dachte ich, Sie würden vor Glück strahlen.
Gleichviel: Wie lange wird dieser Krieg noch dauern?

SELENSKY, *Herr des Krieges*: Bis wir gewonnen haben.

SCHOLZ: Das kann, wenn überhaupt, noch Jahre dauern.

SELENSKY: Egal, wie lange. Wir kämpfen und werden siegen. Aber
für den Sieg brauchen wir weitere Waffen. Da gibt es noch diverse in
Ihrem Arsenal, die bei uns Verwendung fänden, ich weiß auch welche.

SCHOLZ, *erschrocken*: Um Himmels willen, Sie riskieren Eskalatio-
nen! Wenn die Russen, durch unsere hochpräzisen Waffen, ernsthaft
in Bedrängnis geraten? Ein verwundetes Tier ist gefährlicher als ein
heiles.

SELENSKY, *grollend*: Quatsch. Es gibt keine Eskalation. Die Russen
sind schlechte Kämpfer. Sind nicht motiviert. Verweichlicht. Wir wissen zu kämpfen, haben schon im Krieg gegen Hitler die Kastanien aus
dem Feuer geholt. Wir sind robust, hart, wissen, wofür wir kämpfen.

SCHOLZ: Also gehen wir davon aus, dass Sie irgendwann die Russen
vertrieben haben. Was ist mit Ihrem Land, wie wird es aussehen,
wenn Sie den Sieg verkünden?

SELENSKY: Das Land, da machen wir uns nichts vor, wird vom Krieg gezeichnet sein. Aber unsere Landsleute werden die Regierung preisen, dass sie nicht nachgegeben hat.

SCHOLZ: Ihre Regierung präsentiert jeden Tag aufs neue äußerste Entschlossenheit. Bewunderungswürdig. Andererseits sehen wir die Bevölkerung leiden und trauern. Sehen Plünderung und hören von Schändung. Sind Sie sicher, dass Sie noch die Unterstützung der Bevölkerung haben? Könnte es nicht sein, dass sich viele nach Frieden sehnen und dafür auch bereit wären, die Waffen niederzulegen?

SELENSKY: Herr Scholz, das ist Defätismus. Sie als Mann der Zeitenwende. Was ist in Sie gefahren? Kapitulation gibt es nicht. Lieber tot als russisch. Streichen Sie das Wort aus Ihrem Repertoire.

SCHOLZ: Ich bitte Sie, Herr Selensky! Verzeihen Sie den Ausrutscher. Ich habe an die Franzosen gedacht. Die haben 1940 aufgegeben und so ihre schönen Städte vor dem Untergang bewahrt. Millionen Menschenleben gerettet. Am Ende haben sie gewonnen, waren sie die Sieger.

SELENSKY: Geschichte wiederholt sich nicht. Es bleibt dabei: wir kämpfen und werden siegen.

SCHOLZ: Um jeden Preis? Egal, wie viele Menschen dabei sterben, wie viele verletzt, vergewaltigt, gefoltert sind, bis zu ihrem Lebensende gezeichnet sein werden?

SELENSKY, *laut*: Wir haben keine Wahl. Fahren Sie nach Moskau, reden mit dem Terroristen und erwirken Sie den Rückzug der russischen Soldateska.

SCHOLZ, *murmelnd*: Der Klügere gibt nach.

SELENSKY: Sie haben ein Problem, Herr Scholz.

SCHOLZ, *neugierig*: Welches von den vielen, die man mir nachsagt, meinen Sie?

SELENSKY: Sie verstehen nicht. Oder wollen nicht verstehen. Es geht um das Selbstbestimmungsrecht des Ukrainischen Volkes, das der Diktator aus dem Osten mit Waffengewalt niederstrecken will, und um die Freiheit des Westens, also auch um die Ihres Volkes. Denken Sie daran, wann immer Sie sich zum Krieg und der Ukraine äußern.

SCHOLZ, *trotzig*: Tu ich doch. Der amerikanische Präsident beginnt jedes Telefonat mit mir, indem er vorab sagt: Herr Scholz, es geht um die Verteidigung des Westens. Als wenn ich das nicht wüsste. Aber jetzt will ich Ihnen mal was sagen: Das Militärgerät, das wir Ihnen seit Monaten liefern, das fehlt uns jetzt. Wir haben uns vollständig entblößt, haben nichts mehr, womit wir uns verteidigen können...

SELENSY, *beschwichtigend*: Keine Sorge, die Verteidigung übernehmen wir. Tun wir doch jetzt schon, (*leicht resignierend*) ich wiederhole mich.

SCHOLZ: Sie haben mich unterbrochen. Die Rüstungsindustrie floriert, aber alle anderen Sparten leiden unter den Lieferschwierigkeiten, die dieser Krieg ausgelöst hat. Und wenn ich an die ungeheuren finanziellen Aufwendungen denke, die Billionen Dollar, von denen mein Land sicher 100 Milliarden beisteuern muss, um Ihr Land wieder aufzubauen, wenn ich daran denke, bin ich um den Schlaf gebracht. Billionen Dollar, die...

SELENSKY, *ungehalten*: Billionen? Bislang haben wir ein paar Milliarden erhalten, und die von unseren Freunden, den Amerikanern.

SCHOLZ, *unbeeindruckt*: Ich meine die Billionen, die wir für Sie werden aufbringen müssen, um das Land schöner, moderner und menschlicher wieder auferstehen zu lassen.

SELENSKY: Menschlicher? Wollen Sie etwa behaupten wir seien unmenschlich? Sie sind dabei, eine rote Linie zu übertreten.

SCHOLZ, *schuldbewusst*: Nichts liegt mir ferner als das, Herr Präsident. Die rote Linie, naja. Davon gibt es inzwischen so viele, und nie hat jemand Schaden erlitten, der sie übertreten hat. Ich bin, wie Sie wissen, ein eher zurückhaltender, eher wortkarger Mensch. Ich habe das lautlose Regieren in Merkels Kabinett gelernt.

SELENSKY, *väterlich*: Schon gut, Herr Scholz. Wir wissen Sie einzuschätzen. Sie erinnern sich an *Melnyk*, unseren Botschafter? Der hat mir ein sehr realistisches Bild von Ihnen gezeichnet. Vor allem kam darin immer wieder eine unverhohlene Ängstlichkeit von Ihrer Seite zum Ausdruck. Mir scheint, Sie fühlen sich stärker bedroht als wir.

SCHOLZ, *ärgerlich*: Nun mal zurück zu den Fakten, Herr Selensky. Ist eine gravierende Eskalation seitens der Russen wirklich ausgeschlossen? Nach jeder weiteren Waffenlieferung des Westens gab es eine Intensivierung der Zerstörung aus dem Osten. Sind die Drohungen der russischen Seite also irrelevant, wie das auch hierzulande, in Deutschland, von allzu Kriegsbesessenen verkündet wird? Ich darf das als Kanzler von Deutschland beileibe nicht außer Acht lassen.

SELENSY: Aber das hatten wir doch schon. Sie wiederholen sich. Mir scheint, da spricht der junge Scholz im Gewand des Kriegsdienstverweigerer. Wir brauchen die Waffen, richtig schwere Waffen, Ihre Panzer, am besten hunderte davon, auch ich wiederhole mich – um zu siegen.

SCHOLZ, *in Fahrt*: Wir sind eine Demokratie. Sofern wir den Umfragen glauben dürfen, ist die Hälfte unser Bürgerinnen und Bürger gegen weitere Waffenlieferungen. Diese große Gruppe bringt ihre Befürchtung zum Ausdruck. Die muss ich ernst nehmen, die kann ich nicht völlig ignorieren. Zumindest den Anschein geben, als wenn ich sie in meine Überlegungen mit einbeziehe. Auch wenn ich die Dinge anders sehe. Wie sieht es übrigens bei Ihnen aus? Gibt es ähnliche Umfragen?

SELENSKY: Wir haben andere Probleme, als Umfragen zu starten.

SCHOLZ, *stolz*: Ich mag sie auch nicht, aber sie gehören ob wir wollen oder nicht zur Demokratie.

SELENSKY, *beunruhigt*: Sie wollen doch wohl nicht sagen, in Ihrer undurchsichtigen Art und Weise, dass die Ukraine ein Problem mit der Demokratie habe?

SCHOLZ, *mit geschlossenen Lidern*: Wie sollte ich. Allerdings will ich nicht verschweigen, was in Kiew, wie man so sagt, die Spatzen von den Dächern pfeifen: dass die Korruption, insbesondere angesichts der gewaltigen Summen aus dem Westen, bei Ihnen weiterhin blüht und gedeiht.

SELENSKY, *finster*: Alle Versuche von Korruption werden unnachsichtig verfolgt und bestraft.

SCHOLZ: Lassen wir das. Ich bin doch ganz auf Ihrer Seite, Herr Selensky. Aber es muss eine Lösung her. Wir können doch so nicht jahrelang weitermachen. Bedenken Sie die Auswirkungen des Krieges. Der

Krieg beschäftigt und trifft die Weltgemeinschaft. Die internationalen Handelsströme. Afrika. Die Hungergebiete der Erde. Wir müssen Probleme lösen – das Klima, die nachhaltige Versorgung mit Energie, uns etwas einfallen lassen müssen, um der globalen Verschmutzung der Natur Einhalt zu gebieten.

SELENSKY: Richtig. Aber Sie haben etwas vergessen. Ihr verdient am Krieg. Weltweit steigen die Profite der Rüstungsmaschinerie ins Astronomische. Jahrelang hat sie gedarbt, angesichts der scheinheiligen Friedensbeteuerungen aus dem Osten, stand kurz vor dem Abgrund. (*Fahrt aufnehmend*): Die Arsenale wollen gefüllt sein. Die Zeitungen, sozusagen, sind voller Waffen. Politiker, Lobbyisten, Waffenexporteure und Waffenproduzenten, Medienstars, Programmierer, Pfarrer, Psychologinnen, vor allem die Russland-, Militär- und sonstige Expertinnen und Experten, eure komplette staatstragende Elite, alle drängen auf Intensivierung der Produktion! Recht haben sie! Alle ohne Ausnahme wollen uns aufrüsten. Und Sie reden von den paar Unverbesserlichen, die es anders wollen in Ihrem Land. Vergessen Sie diese Leute! Aber ich hab noch etwas, das können Sie sich direkt hinter den Spiegel stecken (*schreit, trommelt mit der linken Faust gegen seine Brust*): Eure Unterstützung wird als humanitärer Akt gefeiert. Dabei ist es schlicht die Angst vor dem Bösewicht aus dem Osten, der euch treibt. Und der zu erwartende Gewinn eurer Industrie, wenn Ihr uns wieder aufbaut. Das sind die Motivationen. (*Müde*): Entschuldigung. Schuld an der ganzen Misere ist der Terrorist im Osten.

SCHOLZ, *unbeeindruckt*: Lassen Sie uns vom Ende aus denken. Was könnte Sie dazu bewegen, das Feuer einzustellen?

SELENSKY, *staatsmännisch*: Voraussetzungen sind: 1. Vollständiger Abzug der russischen Armee von ukrainischem Staatsgebiet; 2. Verbindliche Zusage des Westens, den Wiederaufbau unseres Landes vollständig zu finanzieren; 3. Internationale Ächtung der russischen Regierung und ihrer Helfershelfer auf unbestimmte Zeit; 4. unnachsichtige Verfolgung der Kriegsverbrecher, unter Verhängung der Höchststrafen; 5. Verstärkung unserer Armee mit den modernsten Waffen. Habe ich etwas vergessen? Richtig: Aufnahme in die EU, Mitgliedschaft in der NATO. Die finnische Ministerpräsidentin hat es auf den Punkt gebracht: Wären wir Mitglied, hätte der Terrorist aus dem Osten uns nicht anzugreifen gewagt.

SCHOLZ, *sichtlich bewegt*: Herr Selensky, dann wird es auf absehbare Zeit wohl keinen Frieden geben.

SELENSKY, *martialisch*: Frieden gibt es, wenn wir den Sieg verkünden. Schicken Sie uns Waffen, mit dem wir den Feind vertreiben können. (*An Scholz heranrückend, flüsternd*) Unter uns, Herr Scholz: ich wäre schon zufrieden, wenn wir Punkt 1 und 2 unserer Forderungen realisieren könnten. Mit welcher Belohnung können wir rechen?

SCHOLZ, *rückt seinerseits an Selensky heran, Hand auf dessen Unterarm, tonlos*: Sie bekommen, wie angekündigt, die Panzer.

SELENSKY, *wieder lauter*: Und die Flugzeuge? Die U-Boote?

SCHOLZ, *erbleichend, die Hand wieder wegnehmend*: Lassen Sie ein paar Monate verstreichen, dann reden wir erneut.

SELENSKY, *wieder leiser*: Wir brauchen sie aber jetzt.

SCHOLZ, *tonlos, die Hand wieder auflegend*: Wir reden bald, wenn es denn sein muss. Also im Laufe des kommenden Monats.

SELENSKY, *versöhnlich*: Na also, warum nicht gleich so.

Scholz versus Selensky II

Ende des Jahres 2023.

SCHOLZ, *wie wir ihn kennen: rundherum glatt rasiert, in fest sitzendem Anzug und gebügeltem weißen Hemd, diesmal ohne Krawatte, staatsmännisch*:

Herr Selensky, ich freue mich, Sie hier in Hamburg begrüßen zu dürfen, hier fühle ich mich wohl, und ich bin sicher, Ihnen wird es nicht anders ergehen. Nanu, was haben Sie denn da mitgebracht?

SELENSKY, *in weltweit bekanntem Outfit, olivgrünes Hemd und unbekleidete Arme, heroisch*:

Eine Flasche Wodka Zubrowka aus Polen, mit dem Büffelgras aus dem Nationalpark von Bialowieza. Man sagt, es löst die Zunge, lässt Menschen aus sich herausgehen, die lieber bei sich drinnen bleiben wollen.

SCHOLZ: Das muss ich dann wohl auf mich beziehen, denn Sie können sich selbst wohl kaum gemeint haben, angesichts ihrer lebhaften Tourneen durch die ganze Welt. Dann müssen wir nur noch zwei Gläser beschaffen...

SELENSKY: Nein, nein, Herr Scholz, das ist nicht nötig, zwei Gläser habe ich dabei (*nimmt sie aus der Einkaufstasche und füllt sie mit 100 ml Wodka*). Zum Wohl, Herr Scholz (*und leert das Glas mit einem Zug*).

SCHOLZ *nippt am Glas und kommt zur Sache*: Sie wissen, warum ich Sie eingeladen habe. Ich will Ihnen erläutern, warum der `Taurus` vorerst bei uns im Keller bleibt.

SELENSKY: Ich bin gespannt.

SCHOLZ: Sehen Sie, Herr Selensky, dieses Gerät ist eine infame Waffe. Sie sprengt ein Loch und detoniert dann zum zweiten Mal. In der näheren Umgebung dürfte niemand überleben. Sie ist eine Atomwaffe ohne Kernspaltung. Außerdem hat sie eine überwältigende Reichweite. Moskau könnten Sie damit erreichen. Wofür ich übrigens (*kneift die Augen zu und grinst*) Verständnis hätte. (*Wieder staatsmännisch*) Ich will mein Land unbeschadet durch diesen schrecklichen Krieg führen, der von dem Despoten in Moskau angezettelt worden ist. Sollte die Waffe Moskau treffen, wird Putin erneut mit dem Einsatz von Atomwaffen drohen. Nicht ausgeschlossen, dass er im Angesicht eigener großer Verluste sie auch einsetzt. Soweit darf es nicht kommen. In diesem Punkt sind wir uns doch alle einig.

SELENSKY: Das war eine lange Rede, Herr Scholz. Sie werden es mir nicht übel nehmen: sie hat nichts Neues gebracht. Meine Geheimdienste kennen die Waffe in- und auswendig. Denn eine befindet sich, wie Sie vermutlich wissen, sozusagen als Anschauungsmaterial, bereits in unserem Besitz.

SCHOLZ: Herr Selensky, ich bitte Sie! Ich weiß von nichts. Wäre es so, wie Sie erzählen, hätten es mir meine Geheimdienstler doch mitgeteilt. Sie scherzen, Herr Selensky, nicht wahr?

SELENSKY, *ungerührt*: Sie haben lange gezögert, mir einige Ihre besten Panzer zu überlassen. Haben sich hinter dem großen Bruder versteckt und erst dann geliefert, als diese lieferten. Das nenn ich feige, Herr Scholz. Vor allem, weil Sie letztendlich genau das machen, worum ich geworben und gebettelt habe. Nur leider war es dann oft zu spät.

SCHOLZ: Herr Selensky, ich bitte Sie! Sie verfallen in den Duktus von Ihrem, richtigerweise inzwischen abberufenen, Botschafter Melnyk. Zu meiner Art, Entscheidungen im Militärischen zu treffen, vielleicht dieses, in der Absicht, dass Sie mich verstehen lernen, denn verstehen wollen wir uns doch wohl, lieber Herr Melnyk...

SELENSKY: Selensky, wenn ich bitten darf. Melnyk wirkt inzwischen an anderer Stelle, sehr erfolgreich übrigens.

SCHOLZ, *grinst*: Freudsche Fehlleistung. Kann passieren. Was ich sagen will, und das nur Ihnen: Ich war einst Wehrdienstverweigerer, das war als Mitglied der Jungsozialisten, das ich damals war, selbstverständlich... ohne eine Andeutung von Pazifismus hätte ich nicht meinen fulminanten Aufstieg hinlegen können... Geschäftsführer der Sozialdemokratischen Partei, Erster Bürgermeister dieser großen Stadt Hamburg, Finanzminister, Kanzler, vielleicht später sogar Präsident der Europäischen Union... sehen Sie welche Veränderungen, Metamorphosen ich durchmachen musste. Natürlich auch wollte. Aber hin und wieder holt mich die Abneigung gegen das Militärische ein, vor allem dann, wenn große Gefahren für die Menschheit damit verbunden sind.

SELENSKY: Sie waren Pazifist, ich war Komiker.

SCHOLZ, *nachdenklich*: Zeitenwende.

SELENSKY, *ungeduldig*: Für Selbstmitleid ist jetzt kein Platz. Hören Sie auf Ihr Volk. Nach neusten Umfragen stimmt eine Mehrheit für die Übergabe des Taurus. Hören Sie auf Ihr Volk, Herr Bundeskanzler, lassen Sie der Demokratie freien Lauf, denken Sie an die europäischen Werte, die wir in der Ukraine verteidigen.

SCHOLZ, *tonlos*: Ich höre nicht auf Umfragen.

SELENSKY, *die Gunst der Stunde nutzend*: Dann hören Sie auf Ihr Parlament, Ihre unermüdliche Streiterin für den Einsatz des Verfügbaren, die Frau Strack, lassen Sie die Rede Ihrer beeindruckenden Außenministerin auf sich wirken, schenken Sie den Waffenexperten aus Ihren Reihen, namentlich dem Herrn Roth, Ihr Ohr, respektieren Sie die lauten Forderungen der Grünen Kämpferinnen, lassen Sie sich beraten von Ihren zahllosen Osteuropa-, Militär-, Politik- und Wirtschafts-Expertinnen, lassen Sie sich überzeugen vom Heer der Ukraine-Kombattanten, die sich in Ihren Medien für unser Anliegen, für unsere Aufrüstung Tag für Tag aufs Neue einsetzen. Hören Sie auf diese und weniger auf sich selbst.

SCHOLZ, *trotzig*: Ich bestimme, wo es langgeht.

Selensky ist der Verzweiflung nahe und sagt zu sich: Der begreift nicht. Ist so unbeweglich wie ein riesengroßer Findling, der liegen geblieben ist, als sich das Eis vor zehntausend Jahren zurückgezogen hat.

SCHOLZ: Mir scheint, Russland und Ukraine befinden sich, militärisch gesehen, in einer Art Patt. Das muss genutzt werden, bevor Russland weitere Gebietsgewinne macht. Machen Sie ein Verhandlungs-Angebot, dem der Westen ein Dokument hinzufügt, das für die Zukunft der Ukraine garantiert – als unabhängiger Staat und als zukünftiges Mitglied der EU...

SELENSKY: und Mitglied der NATO?

SCHOLZ: Nicht alles auf einmal. Das heben wir uns für später auf.

SELENSKY: Später? Was soll das heißen? 5 Jahre? 10 Jahre?

SCHOLZ: Eher letzteres.

SELENSY: Aber es bleibt dabei: Wir müssen gewinnen!

SCHOLZ: Um jeden Preis? Ungeachtet weiterer massiver Zerstörung Ihres Landes, Angst und Schrecken in der Bevölkerung, fehlender Soldaten, angesichts der vielen Toten, um jeden Preis?

SELENSKY, *trotzig*: Die Russen haben viermal so viele Tote, im Vergleich zu uns. Wir sind die besseren Kämpfer.

SCHOLZ, *wieder entschlossen, die Angelegenheit in die Hand zu nehmen*: Ihre Proportionen werden Ihnen selbst im eigenen Land nicht geglaubt. Überlassen Sie eine derartige Verdrehung der Wirklichkeit den Russen. Falls Sie sich zum Ausstieg nicht entschließen wollen, möchte ich Ihnen folgendes Vorgehen empfehlen. Erkunden Sie die Meinung im Volk, lassen Sie abstimmen. Wenn eine Mehrheit für die Fortführung des Kriegs ist, und es überdies nicht den geringsten Zweifel an der Rechtmäßigkeit der Abstimmung gibt, dann sei es so. Dann bekommen Sie den Taurus.

SELENSKY *zu sich selbst – na also, Scholz, warum nicht gleich so. Das mit der Abstimmung, das kriegen wir hin. Und laut*: Lassen Sie uns darauf noch einen Wodka nehmen. Wie ich sehe, ist Ihr Glas noch voll. *Schenkt nur sich ein und verstaut die halb gefüllte Flasche in seiner Reisetasche.*

Scholz nippt erneut nur am Glas, Selensky leert es ein weiteres Mal mit einem Zug.

SCHOLZ, *um einen einvernehmlichen Abschluss bemüht*: Ich sehe, Sie haben Übung. Wodka ist ja auch in Russland überall dabei.

SELENSKY, *heiter*: Das einzige, was wir mit denen gemeinsam haben.

Joe und Olaf

G20 Konferenz in Rio de Janeiro im November 2024. Joe Biden und Olaf Scholz treffen sich zu einem Gedankenaustausch in einem geheimgehaltenen, abhörsicheren Hotelzimmer in Rio. Sicherheitsbeamte, als solche nicht erkennbar, haben sich in der Lounge des Hotels postiert. Scholz und Biden sind enge Freunde. Sie haben seit Bidens Amtsantritt unzählige Male miteinander telefoniert und auf mehreren Konferenzen Hände geschüttelt, sich umarmt, einander zugestimmt und sind stets in großem Einvernehmen wieder auseinandergegangen. Beide tragen heute das Hemd offen und über der Hose.

BIDEN: Olaf, ich freue mich dich zu sehen.

Scholz, grinsend: Joe, das ist ganz meinerseits.

Biden: Olaf, wir beide haben etwas gemeinsam.

Scholz: Richtig. Wir sind beste Freunde.

Biden, bedächtig: Das auch. Ganz gewiss, wir sind beste Freunde. Aber ich meine etwas anderes. Ich habe vorzeitig aufhören müssen, und dir blüht möglicherweise ein ähnliches Schicksal.

Scholz, überrascht: So habe ich das nicht gesehen. Nun gut, meine Koalition hat sich vorzeitig aufgelöst, das war nicht zu verhindern, aber damit kann ich leben. Denn ich weiß, dass ich die Ränkespiele vom Lindner zu meinem Vorteil werde nutzen können. Lindner war mein Finanzminister, den habe ich gefeuert, er ist ein lausiger Porschefahrer, der spricht, als wären die Wörter, die er sich abringt, zentnerschwer. Keine Sorge, Joe, ich bleibe Kanzler.

Biden: Und was hat es mit dem Gegenkandidaten auf sich? Du hast einen Verteidigungsminister, so wurde ich unterrichtet, der dir den Posten streitig macht.

Scholz: Da habe ich einen Fehler gemacht. Der Mann hat sich Sympathien bei der Bevölkerung erworben, weil er den Eindruck großer innerer Stärke vermittelt. Er redet, wie das Volk es hören will. Ich fürchte ihn nicht, er ist mir in allen Punkten unterlegen.

Biden: Dann lass mich hoffen, dass du recht hast. Ich für meinen Teil hätte dem Drängen meiner Partei nicht nachgeben sollen. Meine Schwächeperiode bei dem Auftritt mit Trump war nur vorübergehend. Ich fühle mich jetzt wieder frisch und stark. Welchen Eindruck mache ich auf dich?

Scholz: Mein Lieber, du bist in einer blendenden Verfassung. Hab dich noch all die Jahre nicht ein einziges Mal so energiegeladen erlebt wie heute. (Zu sich: ob er mir das abnimmt?)

Biden: Kamala hat mit ihren Auftritten die Wahl vergeigt. Es hat sich gezeigt, dass ihre – übrigens zu oft aufgesetzte – Fröhlichkeit nicht sticht.

Scholz: Ich gebe dir recht, Joe. Du wärest der weitaus bessere Kandidat gewesen. Wie konnte das nur geschehen. Kamala hatte kein Programm. Du hattest es, und durftest es nicht darstellen. Welche

Tragik!

BIDEN: Aus genau diesen Gründen bin ich jetzt nochmals richtig aktiv geworden. Was hältst du von meiner Anordnung, die den wackeren Ukrainern erlaubt, mit unseren ATACMS-Raketen auch Ziele weit im Russischen Hinterland zu beschießen? Schließlich müssen wir sie in eine gute Verhandlungsposition bringen. Sollten sie irgendwann mal genug vom Krieg haben. Also, was hältst du von meiner Freigabe?

SCHOLZ, zögernd, mit den Worten ringend: Joe, ich muss dir etwas gestehen, was du noch nicht weißt. Ich habe damals den Wehrdienst aus Gewissensgründen verweigert. Ich meine, das war damals so eine Mode. Wer ein bisschen links sein wollte, hat den Pazifisten gespielt. Das hängt mir noch irgendwie nach. Du weißt, ich habe mich immer schwer damit getan, dem Selensky die Waffen zu geben, die er haben wollte. Habe dann stets auf deinen Entscheid gewartet und konnte in deinem Windschatten meine Panzer etc. nachschieben...

BIDEN, ungeduldig: Ich weiß, Olaf, ich war für dich der Godfather, der sagt wo es langgeht. Aber du hast mir nicht verraten, was du von meiner Entscheidung hältst.

SCHOLZ, eilfertig: Viel, Joe, sehr viel! Hätte ich nur auch den Mut!

BIDEN: Und wirst du nachziehen? Deine Taurus scheinen ja noch um einiges weiter als meine ATACMS zu fliegen...

SCHOLZ: Sie sind auch sehr viel mächtiger, Joe. Deutsche Waffenschmiede. Wir hätten im Krieg, damals, gegen euch nicht lange standhalten können, ohne diese vortreffliche Schmiede. Aber das ist Schnee von gestern.

BIDEN, streng: Blutgetränkter Schnee, wolltest du sagen.

SCHOLZ, schuldbewusst: Natürlich. Blut durchtränkt. Zurück zum Krieg. Wir sprechen vom russischen Angriffskrieg, ganz zu Recht, aber wenn Selensky, der Unersättliche, die Raketen Richtung Moskau schießt, dann wird aus Selenskys Verteidigung ein Angriff, und aus Putins Angriff die Verteidigung, und am Ende wissen wir nicht mehr, wer verteidigt und wer angreift.

BIDEN: Da hast du recht, ich hab's immer als Verteidigung verstanden, aber wenn die jetzt so weit ins Hinterland schießen, könnte das als Angriff verstanden werden... sinniert, die Hand am Mund, das Haupt gesenkt.

SCHOLZ: Ich verstehe deine Motivation. Wolltest denen etwas Gutes tun und den starken Mann markieren...

BIDEN, aufgebracht: Markieren! Ich bitte dich! Der war ich, und der bin ich, und der werde ich immer sein.

SCHOLZ: Natürlich. Unbestreitbar! Ich bewundere deine Entschlusskraft, und das in diesem Alter. Aber wolltest du nicht auch dem Trump zuvorkommen, der dem Selensky womöglich die Unterstützung entzieht, die er von dir in so großem Maß bekommen hat?

BIDEN: Ja, gewissermaßen ja. Wenn der Selensky mich sah, der kleine Kerl mit der heiseren Stimme, hat er sich bei der Begrüßung sogleich an mich geschmiegt, ich glaube, der hat in mir den großen Vater, so eine Art Übervater gesehen... nun ja, der war ich auch (nachdenklich). Da gab es allerdings noch ein anderes, ganz handfestes Motiv. Unsere Industrie hat mich schon seit Monaten gedrängt, die Waffe zur Anwendung zu bringen. Die wollen, begreiflicherweise, herausfinden, wie sich die Rakete bewährt. Wie präzise sie das Ziel trifft und wie zerstörerisch sie ist.

SCHOLZ: Und diesem Wunsch konntest du dich nicht entziehen.

BIDEN: Wenn es allein das gewesen wäre, hätte ich nicht zugestimmt. Aber es kam ja der humanitäre Aspekt dazu. Das zerstörerische Potential der Ukraine zu stärken.

SCHOLZ, nachdenklich: Ein merkwürdiges Zusammentreffen, humanitär und zerstörerisch...

BIDEN, energisch: Olaf, nun lass das mal sein. Du bist doch Pragmatiker, kein Ideologe. Schwamm drüber, alles weitere hat dann der Trump zu verantworten. Und kein Wort über die Interessen der Rüstungsindustrie, die sind nicht zimperlich. Wenn da jemand Geheimnisse verrät, kannst du nicht sicher sein, ob du den nächsten Tag noch erlebst.

SCHOLZ, geheimnisvoll: Apropos Geheimnisse. Du weißt, Joe, dass ich vor dir keine Geheimnisse habe. Also: ich werde zunächst weiterhin die Taurus in den Regalen belassen. Meine Begründung wird lauten: ich will keine Eskalation, die unübersehbare Konsequenzen nach sich ziehen könnte. Putin hat dem Vernehmen nach schon jetzt einige seiner Atombomben aus ihrem Versteck nach außen bringen lassen. Unser Botschafter hat seine Informanten, und die haben berichtet, dass die Rampen auf Berlin gerichtet seien.

BIDEN: Deine Haltung könnte dir Stimmen bringen. Meine Dienste haben mich informiert. Ich weiß Bescheid. Bei euch gibt es viele, die den Krieg beenden wollen. Die wirst du durch dein Friedensgebet gewinnen können.

SCHOLZ, sichtlich erleichtert: Wie gut du mein Land, wie gut du mich kennst, Joe. Genau das habe ich im Sinn. Die Kriegstreiber, die wählen ohnehin unsere CDU oder die Grünen. Da kann ich keinen Blumentopf gewinnen. Die Kriegsgegner werden sich die Augen reiben und von einer geläuterten SPD sprechen. Auf diese Weise werde ich meinem Ziel, Kanzler zu bleiben, ein beträchtliches Stück näher kommen.

BIDEN: Und was ist danach? Ich meine, wenn du Kanzler bleibst? Ich würde doch meinen, dann gibst du die Taurus frei...

SCHOLZ, zögert, ringt mit seinen Fingern, dann wie man ihn kennt: Joe, da hast du mich auf eine Idee gebracht. Ich führe deine Politik fort. Realisiere sie, egal, ob Trump tobt oder flucht... Lass die Taurus samt Bedienung in die Ukraine schaffen. (Wieder nachdenklich). Aber darf ich das? Was sagen meine Wähler? Dieser verdammte Krieg spaltet unser Land. Joe, ich glaube ich muss mir das nochmals ganz genau überlegen.

BIDEN, väterlich: Daran tust du recht, Olaf. Wenn du Hilfe brauchst, ruf mich nur an. Übrigens – was ist aus der Geschichte mit den Banken geworden? Du sollst denen irgendwelche unerlaubten Vorteile eingeräumt haben. Und du selbst sollst auch genommen haben.

SCHOLZ: Da haben sich einige etwas ausgedacht, um mir den Kanzler zu vermiesen. Ich bin nicht drauf reingefallen. Ich sag dir – ich konnte mich einfach nicht mehr erinnern, ich konnte es nicht. Es handelt sich um eine Art psychosomatischer Amnesie, haben mir die Ärzte gesagt und ein Attest ausgeschrieben. Immer wenn ich von diesen verdammten Steuerhinterziehungen höre, setzt die Vergesslichkeit ein. Da kann man nichts machen. Und so ist die Angelegenheit in sich zusammengefallen.

BIDEN, vergnügt: Lieber Olaf, du bist mit allen Wassern gewaschen.

Scholz grinst und schweigt.

BIDEN: Also nochmals. Wenn du Hilfe brauchst, ruf mich nur an. Ich bin noch lange nicht am Ende.

SCHOLZ: Warte Joe. Mich drückt noch etwas, liegt mir schwer auf meiner Seele.

BIDEN: Auf deiner Seele? Was könnte das sein?

SCHOLZ, zögerlich: Wenn Trump das Sagen hat, befürchte ich, dass unser Ansehen im Westen ein weiteres Mal Schaden nehmen könnte, ich meine der amerikanische Terrorismus zurückkommt und erneut zum Thema werden könnte.

BIDEN, ungehalten: Terrorismus? Habe ich recht gehört? Du meinst den islamischen Terrorismus. Sprich's nur aus.

SCHOLZ, stockend: Nein, es geht um den amerikanischen. Lass es mich erklären. (Nestelt an seinen Fingern) Ich muss etwas weiter ausholen. (Pausiert) Ich habe neulich von dem Vorsitzenden unserer Jugendorganisation ein Büchlein in die Jackentasche gesteckt bekommen. Dabei an nichts Böses gedacht, und als ich wieder draußen war, raus aus dem Versammlung und ins Auto gestiegen bin, habe ich es nicht sein lassen können und das Büchlein herausgezogen, du wirst den Titel nicht erraten können...

BIDEN, gelangweilt: Nein, das kann ich nicht.

SCHOLZ, geheimnisvoll, an ihn heranrückend: Joe, das war *On western Terrorism*. Von Noam Chomsky.

BIDEN, erleichtert: Ein gebildeter Mann. Angesehener Wissenschaftler. Älter als ich. Berühmt wegen seiner Linguistik. Professor und Anarchist. Wurde zeitweilig vom CIA überwacht. Hat solche Leute wie Bernie Sanders unterstützt. Ist keine Gefahr für unser Land.

SCHOLZ: Also ich habe das Büchlein noch im Bett durchgelesen. Chomsky war mir ganz und gar unbekannt, naja das will nichts heißen, schließlich muss ich mich um Wichtigeres kümmern als um amerikanische Wissenschaftler, die noch dazu so radikal sind. Aber je mehr ich gelesen habe, umso spannender wurde es, und schließlich muss ich sagen: der hat ja stellenweise recht. Was ihr in Vietnam und im Irak, auch in Afghanistan angerichtet habt... ich möchte nicht, dass sich Ähnliches unter Trump wiederholt. Wie siehst du das?

BIDEN: Ich bin nicht Trump, ich bin Biden. Wir haben die Menschenrechte stets respektiert. Selbst dann, wenn wir unsere Bomber auf die Reise geschickt haben. Und ich bin Humanist, liebe die Menschen, gleich welcher Farbe. Vergiss das Buch, ich hab es nie gelesen, aber vermute, dass es sich um eine geschickte Auflistung handelt, in der mein Land gebrandmarkt wird und die Gräuel der anderen unter den Tisch fallen.

SCHOLZ, trotzig: Ich weiß, du hättest so was nicht geduldet, was Chomsky da über euch erzählt hat, wenngleich (zögert, überlegt, zögert) wenngleich die Situation in Gaza, die Aktionen der Israelis (stockt), ich meine, die sind von euch akzeptiert werden, und von dem (jetzt entschlossen), was ihr dem vietnamesischen Volk angetan habt, nicht weit entfernt sind.

BIDEN, entschieden: Nun lass es gut sein, Olaf. Ich glaube, diesbezüglich fehlt dir einfach der Überblick. Mit Vietnam sind wir inzwischen freundschaftlich verbunden, alles ist vergessen und vergeben. Wir haben die Welt vom Faschismus befreit. Und dafür gesorgt, dass der Kommunismus untergegangen ist. Und was Trump angeht, da kann ich nur sagen: ihr werdet mich vermissen. So, nun aber Schluss. Mein Land wartet auf mich.

SCHOLZ zu sich: Wer daran glaubt wird selig.

Scholz steht auf, hilft Biden aus dem Sessel. Reicht ihm den Stock. Ruft den Sicherheitsdienst. Eskortiert von zehn Mann, verlassen die beiden das Hotel. Erst Scholz. Nach etwa zehn Minuten kommt Biden, gestützt auf einen seiner Leute. Das gepanzerte Auto wartet draußen. Biden steigt ein, setzt sich neben seinen Berater. Neigt seinen Kopf in dessen Richtung. Murmelt: Wie froh bin ich, wenn ich nicht mehr mit dieser Art Leute reden muss. Jetzt kann ich mich endlich ganz auf meine *Jill* konzentrieren.

Die Zwergin und der Zwerg

Agnes Strack Zimmermann, Dr. phil., laut Wikipedia unter anderem: Motorradfahrerin, Rotarierin, Vorsitzende des Verteidigungsausschusses des Bundestags, Mitglied des Präsidiums im „Förderkreis Deutsches Heer", katholischen Glaubens. Aktuell Vorsitzende des Ausschusses für Sicherheit und Verteidigung des europäischen Parlaments. Hat drei Kinder geboren.
Friedrich Merz, laut Wiki unter anderem: Fahnenjunker der Reserve, Hobby-Pilot, Bundes- und Fraktionsvorsitzender der CDU, Rotarier, ehemaliger Cheflobbyist von Black Rock, katholischen Glaubens. Mit ebenfalls drei Kinder.
Mediiert von *Paula Pfefferkuss*, Fernsehmoderatorin.

Man befindet sich im Grand Hotel auf dem Petersberg, zu Königswinter am Rhein im Jahr 2023.

PFEFFERKUSS, *adrett gekleidet, gebräunt, launig*: Ich begrüße Frau Dr. Strack-Zimmermann, u.a. Vorsitzende des Verteidigungsausschusses des Bundestags und Mitglied des Parteivorstands der FDP, sowie (*mit Blick auf den Spickzettel*) Herrn Friedrich Merz, u.a. Bundes- und Fraktionsvorsitzender der CDU.
Frau Dr. Strack-Zimmermann: zunächst eine Bitte zur Vereinfachung der Namen: Darf ich Sie, abkürzend: Frau Strack nennen? Der ganze Name ist so schrecklich lang, und eigentlich (*lächelnd*) trifft ja Strack Ihre Persönlichkeit viel besser als Zimmermann.
STRACK: Wieso das?
PFEFFERKUSS, *milde*: Na ja, der Name Strack ist dem Adjektiv stracks ähnlich, Ihre Auftritte sind eher stracks, der Zimmermann, der etwas zusammenbaut, tritt da eher in den Hintergrund.
STRACK, *nachsichtig*: Nun gut, wenn es denn sein muss, ich bin ja kein Spielverderber, wie Herr Merz (*runzelt die Stirn*). Dann erlaube ich mir aber die Freiheit und nenn' ich Sie der Einfachheit halber *Pfeff*.
PFEFFERKUSS: Selbstredend. Dann haben wir jetzt alle eine Gemeinsamkeit, den einsilbigen Namen. A propos Spielverderber. Waren Sie das, Herr Merz?
MERZ, *ahnungslos*: Wie das? Woran denken Sie?
PFEFFERKUSS, *mütterlich*: Herr Merz, nun tun Sie mal nicht so. Ich meine Ihre Reaktion auf Frau Stracks Rede zum Aachener *Wider den tierischen Ernst*.
Merz: Ach so. Ich habe doch dazu gar nichts gesagt, Entschuldigung wurde

von meinen Parteikollegen verlangt.

STRACK, *erregt*: So was aber auch! Sie vertragen keinen Humor, Herr Merz. Ich habe Ihr Gesicht gesehen, als ich geredet habe. Es wurde immer finsterer. Das hat mich animiert. Da wurde ich immer frecher.

MERZ: Frecher? Plumper, derber, vulgärer, wollten Sie wohl sagen...

STRACK: Nun aber mal halblang, Herr Merz. Wir reden im Beisammen einer gesitteten, ehrenwerten Frau.

MERZ, *Fahrt aufnehmend*: Um es ganz deutlich zu sagen: Ihre Rede war plump, die Sprache vulgär, die Verse waren holperig, es ging unter die Gürtellinie. Sexistisch zudem. Ich hätte mich geschämt, so schamlos die Koalition in den Bereich Porno zu verweisen.

STRACK, *scharf*: Das kann ich so nicht stehen lassen. Zeigt nur, wo Ihre Phantasien hingehen.

MERZ, *laut*: Die Koalition als flotten Dreier zu verspotten, von denen jeder mal oben liegen darf? Und das in Anwesenheit unserer Außenministerin?

STRACK, *laut*: Beruhigen Sie sich! (*Süffisant*) Die hat sich köstlich amüsiert. Ihr Kollege Wüst auch. Übrigens noch ein einsilbiger.

MERZ: Und außerdem haben Sie mich einen Zwerg genannt, der ich doch Scholz um Halses Länge übertreffe.

STRACK: Ihr Hals ähnelt dem einer Giraffe, ich habe ihn schon immer bewundert.

MERZ, *vermittelnd*: Also dann doch lieber Zwerg als Giraffe. Friedensangebot. Erinnern wir uns in Gegenwart unserer Mediatorin an unsere Gemeinsamkeiten. Eigentlich gehören wir doch zusammen, ich meine politisch.

STRACK: Da haben Sie Recht. Beide im Rotary Club, beide Vorsitzende. Beide fest im katholischen Glauben. Beide mit drei Kindern ausgestattet.

PFEFFERKUSS, *vergnügt*: Und beide Lobbyisten – der eine für Black Rock, vor zwei Jahren, die andere als Vorsitzende des Verteidigungsausschusses, jetzt.

STRACK, *bissig*: Frau Pfeff, was ist in Sie gefahren? Wo bitte schön, mache ich Lobby Arbeit?

Pfefferkuss: Ihre Nähe zum „Förderkreis Deutsches Heer", u.a., legt diese Vermutung nahe. Aber vergessen Sie das, es war vielleicht nicht klug, das hier vorzubringen. Ich hatte nur den Eindruck, dass Herr Merz ins Hintertreffen gerät, da muss ich eingreifen als Mediatorin.

MERZ: Das kriege ich schon hin, machen Sie sich um mich keine Sorgen, Frau Pfeff. Noch einmal – verfolgen wir die Gemeinsamkeiten. Politisch stehen Strack und ich doch fest zusammen. Wir sind die ersten, die dem Scholz Beine machen, wenn es um die Bewaffnung der Ukraine geht. Haben beide bei Selensky einen Stein im Brett. Das heißt was, heutzutage. Der ist ja inzwischen mächtiger als der amerikanische Präsident.

STRACK: Was Selensky betrifft, gebe ich Ihnen Recht. Der kann sich inzwischen alles erlauben. Kennt sich in unseren Waffenarsenalen besser aus als ich. Das will was heißen. Die Herrschaften in Brüssel überbieten sich in Hilfestellung, damit der Krieg gewonnen wird. Sind wie Kinder, die Ihrem Lehrer gefallen wollen.

MERZ, *staatsmännisch, die Krawatte am Knoten gefasst*: Selensky verteidigt unsere Freiheit. Die Freiheit der freien Welt.

STRACK: Keine Frage. Und ich bin die allererste in diesem Land, die nach weiteren Waffen ruft. Aber irgendwie wird mir dieser Selensky zu mächtig. Wir, Sie und ich, geraten dabei zunehmend ins Hintertreffen.

PFEFFERKUSS: Dürfte ich die Herrschaften daran erinnern, dass es hier ausnahmsweise nicht um den Krieg, sondern um die Wiederherstellung der Ehre von Herrn Merz geht (*süffisant lächelnd*).

STRACK: Ach, die ist doch längst wiederhergestellt. Hat es sich noch nicht herumgesprochen? Wir haben uns in einem Hotel der allerbesten Sorte, deutlich vornehmer als das hiesige, das in die Jahre gekommene, getroffen und auf die Wiederherstellung unserer Freundschaft angestoßen.

MERZ, *betont heiter*: Angestoßen? Hähä. Die Strack war ganz schön betrunken, und wollte unbedingt, dass ich sie auf meinem nächsten Flug mitnehme.

STRACK: Und Sie wollten, dass Sie auf meinem Motorrad-Ausflug den Beifahrer machen. Und damit es etwas spannender würde, verlangte er, dass ich mit ihm auf dem Motorrad den höchsten Alpenpass bezwinge. Wir müssen nur noch rausfinden, welcher das wohl ist.

MERZ: Und wir sollten nicht vergessen, dass du im Überschwang der Gefühle mir das Du entboten hast.

STRACK: Und du nur mit Mühe davon abgehalten werden konntest, mich auf mein Zimmer zu bringen...

PFEFFERKUSS: Aber meine Herrschaften, das ist ja alles ganz neu für mich, macht ja eigentlich das ganze hier überflüssig...

STRACK, *vornübergebeugt, die Hand auf Merz' Arm, feierlich*: Friedrich, dem können wir zustimmen, nicht wahr?

MERZ, *um Glaubhaftigkeit bemüht*: Das können wir.

PFEFFERKUSS, *um Fassung bemüht*: Sie sind mir welche...

Steht auf und verlässt grußlos den Raum.

Beim Abstieg zum Rhein

Nebel umfängt die beiden Zwerge, als sie sich auf den Weg hinunter nach Königswinter am Rhein aufmachen, wo daselbst der Fahrer auf sie wartet, um sie zum Flughafen Köln/Bonn zu transportieren. Der Weg ist steinig, mit feuchten, rutschigen Wurzeln durchsetzt, Achtsamkeit erfordernd, um nicht unvermutet auszugleiten. Strack hat sich bei Merz eingehängt, der das mit einem lautlosen Wohlbehagen registriert. Bahnt sich da etwas an?

MERZ, *wohlgemut*: Nanu, wie das, Frau Strack?

STRACK: Sie werden es mir nicht glauben, aber manchmal ist mir etwas schummerig zumute, der Stress, die tägliche Präsenz, die auf Angriff gesetzte Stimme...

MERZ, *väterlich*: Ja wenn es nur das ist.

STRACK: Ob die Pfefferkuss uns unsere Geschichte abgenommen hat?

MERZ: Sie ist gutgläubig.

STRACK: Gibt es das?

MERZ, *ernst*: Wir beiden gehören jedenfalls nicht dazu.

STRACK: Wir sind nicht gutgläubig, wir sind gläubig.

MERZ, *erheitert*: So können wir das stehenlassen. Aber wenn sie wüsste...

STRACK: Ich habe ein reines Gewissen.

MERZ: Ich auch.

STRACK: Nichtsdestoweniger sind wir zu Höherem vorgesehen.

MERZ, *sich aus Stracks Arm lösend, mit geballten Fäusten*: Genau so ist es. Ich bin nicht Bundeskanzler, und Sie sind nicht Verteidigungsministerin! Das ist in höchstem Grade ungerecht! Wir beide wären die ungleich bessere Besetzung als die aktuelle!

STRACK: Folglich haben wir darüber nachgedacht, wie wir beide dem Volke diese Ungerechtigkeit zu Bewusstsein bringen können. Und da sind Sie auf die Idee gekommen, dass ich Ihnen, in Aachen, coram publico, die Leviten lese.

MERZ: So ist es. Ich meine, heutzutage muss man alle Register ziehen, und seien sie noch so abwegig. Werbung für uns. Damit wir sagen können: Ohne uns geht gar nichts. Selbst der tierische Ernst in Aachen. Und der Erfolg gibt uns Recht: Alle berichten über uns, alle...

STRACK: Aber Ihr Gesicht, Herr Merz! Das sprach Bände! Zeitweilig wurde mir ganz blümerant...

MERZ, *die Hand ausstreckend, damit Strack sich wieder einhängen kann, die kurzzeitig ins Gleiten zu kommen drohte*: Die Mimik, so war sie doch verabredet. Denn zur Wahrheit gehört auch, dass ich nicht nur Jurist bin – die Pfefferkuss hatte das übrigens vergessen in Ihrer Einleitung zu erwähnen, darüber war ich gar nicht erbaut – sondern auch zwei Jahre Schauspielschule besucht habe, nach meinem Wehrdienst, und dort vor allem gelernt habe, mein Mienenspiel entsprechend zu gestalten.

STRACK: Das ist Ihnen gelungen. Dennoch, ich wiederhole mich – zeitweilig wurde mir bange, dass ich Sie doch irgendwie düpiert habe.

MERZ, *beruhigend*: Keineswegs, meine Liebe. Dass dem nicht so war, ist Ihrer Zusicherung zu verdanken, die Sie mir vorab gegeben haben, mit dem das ganze Theater versichert war, sozusagen – dass die FDP mich, Friedrich Merz, das nächste Mal zum Kanzler macht. Unter dieser Bedingung habe ich ihren Auftritt gebilligt.

STRACK: Aber haben wir womöglich Söder vergessen? Der ist darauf ganz versessen...

MERZ: Frau Strack!

Nach erfolgreicher Passage eines widrigen Wurzelgeflechts bricht es aus Merz heraus.

MERZ: Wir beide zusammen, Strack und Merz, was für ein Scherz. Wir wären das Traumpaar 2025!

STRACK, *zart*: Herr Merz, ich habe den Eindruck, das sind wir in der Tat! (Kuschelt sich an ihn).

Merz, *etwas irritiert*: Das *politische* Traumpaar! Oder ist da noch was anderes?

STRACK, *neugierig*: Woran hatten Sie gedacht?

Merz: Naja, wir sind im besten Alter... Sie trugen ein perfektes Gewand, in Aachen...

STRACK, *brüsk*: Herr Merz, Sie bringen sich um Kopf und Kragen. Anzüglichkeiten dieser Art werden von den Strafverfolgungsbehörden geahndet. Seien Sie froh, wenn ich eine Meldung unterlasse. Bis auf weiteres. Wir sehen uns auf der nächsten Sitzung im Bundestag.

Strack auf und davon. Merz ungelenk hinterher.

MERZ: Aber warten Sie! Sie könnten fallen!

STRACK, *höhnisch*: Sie haben mir geglaubt, Sie! Sie sind tatsächlich nur ein kleiner Zwerg!

Strack verliert sich im Nebel. Merz setzt sich auf einen Baumstumpf. Rauft sich die verbliebenen Haare.

MERZ: Die Welt ist schlecht.

KI-Gespräche

Irgendwann im Jahr 2024.
Herr K trifft Vorbereitungen für den monatlichen Gedankenaustausch mit
Frau I in seiner Wohnung am See. Er hat sich dazu etwas einfallen las-
sen. Den für diese Gespräche reservierten Tisch hat er dicht ans Fenster
gerückt, so dass, falls das Gespräch stocken würde, der Blick auf den La-
go die Angelegenheit wieder richten würde. Außerdem hat er es sich nicht
nehmen lassen, Wasser aus dem nahen Bergbach zu schöpfen und dieses als
naturnahes Getränk der Besucherin anzubieten. Dazu wird er Salzstangen
aus eigenem Backofen reichen.
HERR K: Frau I, was ist Ihr Thema heute?

FRAU I: Wenn Sie gestatten, werter Herr K, die Künstliche Intelligenz.
Manche sagen der Einfachheit halber KI. Wer besonders gelehrt ist, sagt
AI. Möglichst in amerikanischer Intonation. Also Ä..Ei.

HERR K: Nein, wirklich? Aber blieben wir bei KI, andernfalls müsste ich
meine Zunge verrenken, und was dabei herauskommt, daran möchte ich
gar nicht denken. Also wirklich? KI? Das ist doch ein alter Hut. Darf ich
Sie daran erinnern, dass vor dreißig Jahren Hans Moravec sein Buch „Mind
Children" veröffentlicht hat, in dem er von der glänzenden Zukunft der „autonomen" Roboter schwärmte...

FRAU I: und Negroponte sein „Being Digital" publizierte...

HERR K: oder Convay „Artificial Life" als Computer-Spiel erfand...

FRAU I: Marvin Minsky über maschinelle Intelligenz orakelte und in allen
Informatik-Fachbereichen rund über den Globus KI-Institute gebaut wurden...

HERR K: und großes Geld in Forschungsprojekte gesteckt wurde...

FRAU I: was natürlich nie reichte, und die Regierungen zu noch mehr Förderung anstachelte...

HERR K: so dass nach Jahren des Experimentierens Roboter herkömmliche
Maschinen ersetzen und Computer-Programme eine Sprache in eine andere
transferieren konnten.

FRAU I: Lieber Herr K, mir scheint, wir wissen, wovon wir reden. Unter KI
hat sich alles mögliche versammelt, der aktuelle Hype ist eher der Tatsache geschuldet, dass die Digitalisierung nicht vorwärts kommt und von der
Politik davon ausgegangen wird, dass eine Intensivierung der KI es dann
schon richten wird. Vieles in der Diskussion deutet darauf hin, dass alter
Wein in neue Schläuchen gegossen wird. Ich hoffe allerdings, Herr K, dass
das Getränk, das Sie mir anbieten, nicht dazu gehört...

und nimmt einen Schluck des Bergwassers, auf dem, um die Temperatur zu
halten, ein Eiswürfel aus Leitungswasser schwimmt.
HERR K: Gemach. So einfach machen wir es uns nicht. Die Angelegenheit
stellt sich mir anders da. Mir stößt auf, dass man sich am Wort „künstlich" reibt. Intelligenz soll „natürlich" sein. Andererseits - was ist nicht
alles künstlich heutzutage! Der Schnee, der nicht fällt, wird - allem Klimaschutz zum Trotz - durch Kunst-Schnee ersetzt, und Bau-, Bekleidungs-
und Nahrungsmittel-Industrie haben sich den Kunst-Stoffen verschrieben;
nicht zu reden von der künstlichen oder virtuellen Realität, mit denen den
Kindern das Spielen mit Bauklötzen ausgetrieben wird.
FRAU I: Oder die künstliche Befruchtung. Natürlich ein Mega Profit für die
Reproduktion-Industrie. Frauen und Männer, die unbedingt eigenen Nachwuchs haben wollen, was aus diversen Gründen nicht gelingt, greifen zu
künstlichen Hilfen, um ihn zu realisieren.
HERR K: Die Gentechnik manipuliert die genetische Ausstattung von Pflan-
zen, die Medizin implantiert künstliche Organe, Virologen machen aus le-
bensbedrohenden Viren nützliche Helfer. Kurzum: KI ersetzt das Natürliche
durch das Künstliche.
FRAU I: Das heißt, wir müssen den Begriff des Künstlichen neu überdenken? Dann aber ist auch das Natürliche an der Reihe. Das eine wie das
andere verlangt nach neuer Deutung.
HERR K: Das ist Aufgabe der Philosophie.
FRAU I: Da muss ich widersprechen. Das ist unser aller Aufgabe. Bin ich
doch kürzlich auf eine Ausschreibung eines Printmediums gestoßen. Die hat
uns alle aufgefordert, zur KI etwas zu Papier zu bringen. Man würde die
Gewinnerin mit einem Preis belohnen.
HERR K, aufgebracht: Ist das Ihre Motivation, mich heute zu besuchen?
Stoff für ein obskures Zeitungsprojekt zu sammeln? Dann unter Ihrem Na-
men den Ruhm abzuschöpfen? Und schon jetzt statt Gewinner von Gewin-
nerin zu reden?
FRAU I, *pikiert*: Ich bitte Sie. Wie können Sie mich derartig desavouieren!
    Pause.
Beide richten den Blick voneinander ab, entdecken den See bei offenem
Fenster und seine gekräuselten Muster, die der Wind aus der glatten Ober-
fläche des Wassers hervorzaubert.
FRAU I, *auf den See deutend*: Ist das Muster nicht eine Art Mutation? Was
die Natur aus ursprünglich Unbewegtem, Formlosen zu erschaffen vermag?
Ich gebe zu, das ist etwas weit gegriffen, hier werden lediglich, durch die
Einwirkung einer äußeren Kraft, Wasser-Moleküle anders geordnet; Mutati-

on ist viel grundsätzlicher...eben deshalb auch ein Gegenstand der „starken" KI, die den autonomen Roboter längst hinter sich gelassen hat und an Menschen ähnlichen Gebilden arbeitet.

HERR K, *froh, dass Frau I den Gesprächsfaden wieder aufgenommen hat, ergänzt*: durch Implantation des Geistes, der dem Eigentümer im Todesfall entnommen wird, in die körperlose Hülle des künstlichen Menschen, der dadurch somit unsterblich wird.

FRAU I: Phantasien von Hans Moravec und anderer. Ich glaube nicht, dass daraus etwas wird. Wir beide wissen, das jede neue Technologie ihre guten und ihre schlechten Seiten hat. Um die schlechte hat sich jahrelang – ohne je eine größere Wirkung entfaltet zu haben – die sogenannte Technologie-Folgen-Forschung gekümmert. Das ist Schnee von gestern. Wir alle sind jetzt aufgefordert, das Gute gegen das Schlechte abzuwägen.

HERR K: Leute, die als Experten gelten, machen sich Sorgen über die mögliche Vermehrungsfähigkeit von Robotern. Man sagt, es könnte dann so wie bei Mensch und Tier ablaufen. Die Roboter erwerben durch Mutation und Selektion optimale Voraussetzungen, um im Daseinskampf von Roboter und Mensch zu überleben – und machen dann uns zu ihren Sklaven.

FRAU I, resolut: Aber Herr K, das sind wir doch bereits, nicht physisch, aber mental. All die kleinen Geräte, die sich neuerdings Smartphone nennen, sind doch gar nicht mehr wegzudenken. Sie begleiten das Kind, kaum dass es geboren ist, spätestens aber, wenn es die Schule betritt. Ja, wenn sie nur begleiten würden! Diese Dinger bestimmen unsere Gefühle, entscheiden über die richtige Partnerwahl, sagen uns, wo wir das Hotel am Urlaubsort finden.

HERR K: Sie werfen Soft- und Hardware in einen Topf, meine Liebe. Die Software präsentiert uns den richtige Partnerin, die Hardware, also das Gerät, ermöglicht der Software, in Aktion zu treten. Was ich aber eigentlich sagen will, besser fragen möchte, ob auch Sie ein solches Gerät besitzen.

FRAU I, verdreht die Augen: Herr K, denken Sie ich bin vom Mond? Natürlich habe ich solch ein Monstrum. Mein Enkel hat es mir gekauft und mir dafür 500 Euro abgenommen. Ach, die Enkel! Meine Freundinnen, die reden nur noch über ihre Enkel. Zum Glück habe ich diesen einen, sonst könnte ich da nicht mitreden. Meiner hat mir gesagt, er hätte keine Zeit, mir das Ding einzurichten, und so liegt es unbenutzt in der Schublade.

HERR K: Ach wie schön! So ist es auch dem meinen ergangen. Es lungert in der Schublade. Ob es sich vermehren kann?

FRAU I: Wer weiß. Solange es abgeschaltet ist, wohl eher nicht.

HERR K: Um Himmels willen, stellen Sie sich vor, Sie öffnen die Schublade und da liegen hunderte von diesen Dingern herum und jedes davon mit einer eignen Fitness! Womöglich bewegen sie sich sogar, sind dabei, Nachwuchs zu produzieren, und sie müssen das mit ansehen! Sie werden nach Hilfe rufen und eine Ohnmacht kaum vermeiden können.

FRAU I: Lieber Herr K, verscheuchen Sie auf der Stelle solch lebensbedrohende Phantasien! Im Übrigen, wenn ich's mir recht überlege, hätten wir eine schöne Möglichkeit, unsere magere Pension aufzubessern. Ich verkaufe die kleinen Biester für 600 Euro das Stück.

HERR K: Wenn die smarten Dinger das zulassen. Die bilden eine Großfamilie, werden sich nicht so einfach trennen lassen. Ich fürchte eher, dass sie sich Ihre Wohnung zu eigen machen werden. Sie werden eine neue suchen müssen. Das wird (K schreit) die Wohnung der Smartphones!

FRAU I: Ach so, jetzt verstehe ich. Sie suchen nach einem Grund, dass ich bei Ihnen einziehe? Nichts damit. Daraus wird nichts.

HERR K: Ihre Fantasien gehen mit Ihnen durch, Frau I. Sie sollten wissen, dass ich nichts mehr schätze, als eine Wohnung, die von mir allein bewohnt wird.

FRAU I, nachdenklich: Da geht es Ihnen so wie mir. Nur mein Enkel darf bei mir übernachten. Seufzt. Was wären wir ohne unsere Enkel.

HERR K: Wir schweifen ab, liebe Frau I! Kommen wir zurück zum Ausgangspunkt. Ich für meinen Teil fordere, dass Künstlich nur dann akzeptabel ist, wenn es zur Kunst wird.

FRAU I: Ach nein! Künstlich leitet sich ab von Kunst, aber die Semantik der beiden Wörter ist grundverschieden. Ich schlage vor, wir kommen zurück zur Realität. Mich beschäftigt die Frage, wie clever sich KI verhält, wenn Intuition und Fingerspitzengefühl vonnöten sind. Hören Sie und behalten das Folgende für sich. Können Sie mir das versprechen?

HERR K, unruhig: Sie machen mich neugierig.

FRAU I: Das ist meine Absicht. Da gibt es einen Kavalier, der ist so in mich verschossen, dass er mir jeden Abend ein elektronisches Liebesbriefchen schickt...

HERR K, verhalten: Das sagen Sie jetzt... mich darüber im Unklaren gelassen...

FRAU I, nachsichtig: Ich kann Sie beruhigen. Er ist ein Narr, ein Fantast, und mich amüsiert es, wenn ich jeden Tag in immer neuen Variationen umschwärmt werde. Aber nun hören Sie. Merkwürdigerweise steckt mein Email-Programm die Liebesbriefe stets in meinen Spam Ordner. Das Programm, von KI gesteuert, erdreistet sich also, herausgefunden zu haben, dass diese Briefe nichts anderes als Junk sind. Es fehlt dem Programm jegliche Art von Fingerspitzengefühl.

HERR K: Haben Sie den Spam Filter abgeschaltet ?

FRAU I: Das habe ich auf Anraten vom Enkel gemacht. Aber ohne Erfolg. Das Programm sortiert die Briefe weiterhin ins falsche Fach.

HERR K: Ich habe da eine andere Idee. Das Programm ist nämlich superklug. Und sehr moralisch. Es empfindet solche Briefe, angesichts unseres Alters und moralischen Integrität, als unwürdig und schamlos und entscheidet, sie in den Müll zu werfen. Aber es lässt die Tür noch einen Spalt breit offen. Durch diese können Sie, vor fremdem Zugriff geschützt, zu den verrückten Briefen gelangen und sie in aller Ruhe verdauen.

FRAU I: Also da haben Sie sich ja etwas sehr Spitzfindiges ausgedacht. Aber wenn es sich so verhalten sollte, wie von Ihnen geschildert, wäre das ein Beweis, dass KI eigenwillig handelt, ohne dazu ermächtigt worden zu sei. Überdies ignoriert es meinen Willen, denn ich habe den Button gedrückt, der weitere Einmischung untersagt. Eine furchtbare Perspektive, die sich da auftut!

HERR K: Darin beweist sich ja die besondere Klugheit der KI. Es ahnt, dass Sie einen Fehler gemacht haben. Es will doch nur Ihr Bestes. Stellen Sie sich vor, die Briefe sieht der Enkel! Dem gerät seine Welt durcheinander. Aber davon abgesehen: Ja, Sie haben ein Beispiel gegeben, wo sich KI seine eigene Welt schafft.

FRAU I: Vielleicht haben Sie recht. Aber was sagen Sie, als Apologet der KI, zu folgendem Beispiel.

HERR K: Apologet, Frau I, ist hier völlig fehl am Platz. Ich schreibe Ihnen demnächst ein Brieflein, in dem ich die Bedeutung des Wortes erkläre; zugleich auch seinen historischen Kontext angebe. Mal sehen, ob auch der im Junk-Ordner landet.

FRAU I: Sie wissen, dass ich auf Provokationen grundsätzlich nicht eingehe. Nehmen wir stattdessen folgende Alltäglichkeit in den Blick. Mein Laptop erfreut mich wöchentlich mit einem Blue-Screen. Auf dem Bildschirm nichts als Blau. Mein Enkel hat keine Zeit, der Hersteller offeriert Hilfe. Er hat eine Liste möglicher Fehler, die für das Blau verantwortlich sein könnten. Wenn das nicht funktioniert, und natürlich funktioniert es nicht, gibt es noch die sprachgesteuerte, piepsige Stimme aus dem All. Auch diese weiß nicht weiter. Das ganze nennt sich KI. Der Schirm ist weiterhin Blau. Was fehlt? Mein Enkel, der sich auskennt. Der hat mir auch einen Platz reserviert, damals, als alle gegen Covid geimpft werden wollten, und die Plätze immer schon vergeben waren.

HERR K: Ja, ja, es fehlt der Mensch, der berät. In Ihrem Fall der Enkel.

Ich habe da auch ein schönes Beispiel, das passt zu dem ihren. Das Textsystem, eine Art eigenmächtiges Programm, hat herausgefunden, dass ich mehrmals das Wort „eifersüchtig" verwende. Also soll es auch im nächsten Satz passen. Und plötzlich steht es überall im Text, und ich kann es nicht wieder los werden, weil der Notausgang im Programm fehlt. . .

FRAU I: An dieser Stelle gebührt dem Programm ein Lob. Es hat erkannt, dass Sie eifersüchtig sind.

HERR K Eifersüchtig? Auf wen? Auf Ihren Begleiter, der Ihnen die Liebesbriefe schreibt? Sagen Sie, haben Sie den denn überhaupt schon mal gesehen?

FRAU I: Ich bitte Sie! Natürlich! Jedesmal legt er dem Brief ein Bildchen von sich bei. Aber (kichert) es ist jedesmal dasselbe. Vermutlich denkt er, es sei ein anderes.

HERR K: Ach so. (Nachdenklich) Wollen wir nicht auch das Positive sehen? Haben wir nicht schon bessere Beispiele angeführt? Wo wir der KI oder was es auch immer sein mag, Respekt zollen müssen.

FRAU I: Genau. Lassen Sie uns das Positive sehen. Eine intelligente Telemedizin zum Beispiel, die aufgrund der Beschreibung des Patienten erkennt, was fehlt und welche Behandlung, angesagt ist. . .

HERR K: Richtig! KI hört mit und extrahiert aus dem Kauderwelsch des Patienten dessen Anliegen. Was in Folge die Ärztin oder Arzt, entschuldigen Sie, noch gibt es auch Ärzte, befähigt, mit Hilfe der KI, das richtige zu tun.

FRAU I: Nein das geht mir zu weit, dann werden die Ärztinnen überflüssig. . .

HERR K: Sehen Sie, Frau I, das ist des Pudels Kern: wir erschrecken, wenn sich KI als uns ebenbürtig, wenn nicht gar überlegen zeigt. Dabei sind wir es doch, die sie dazu ermächtigt hat.

FRAU I: Also ist künstliche Intelligenz letztlich dann doch wieder natürliche Intelligenz?

HERR K: Könnte man so sehen. Weil sie Menschen gemacht ist. Während wir so dahinreden, überlege ich unaufhörlich, welches Projekt ich vorschlage, sollte ich wider Erwarten gefragt werden. Was halten Sie davon. Nehmen wir an, KI ermögliche, dass Menschen ihre Identität wechseln, in den Körper und Geist eines anderen Menschen schlüpfen können. Dann wäre es sogar möglich, in Körper und Geist der Unholde, der Kriegstreiber, einzubrechen. Auch wenn das weh täte. Um zu verstehen, was diese Kerle antreibt, und daraus Strategien zu entwickeln, die sie zur Einsicht bewegen. Das ganze ist natürlich reversibel; auf Knopfdruck bist du wieder zurück in dir selbst.

FRAU I, *empört*: Das ist utopisch! Das ist absurd!

HERR K: Utopie ist das Kennzeichen von bahnbrechender Forschung. Absurdes gehört dazu. Im Ernst: Wäre KI imstande, den Jahrhunderte alten Traum der Menschheit zu erfüllen, aus der eigenen Hülle heraus und in eine andere zu hüpfen, wäre das, weitergedacht, ein Weg zum friedlichen Zusammenleben der Völker.

FRAU I, *nachdenklich*: Unter diesen Aspekten... KI als Friedensstifter...

HERR K: Sie können zustimmen, meine liebe Frau I! Großartig. Lassen Sie uns auf dieses Einvernehmen mit unseren Gläsern anstoßen! Und erinnern wir uns daran, dass sie mit einem der köstlichsten und kostbarsten Produkt der Natur gefüllt sind... mit Wasser!

FRAU I: das aus der womöglich rein zufälligen Ehe, bestehend aus zwei Teilen Wasserstoff und einem Teil Sauerstoff hervorgegangen ist. Das ist Bestandteil aus der Jahrtausende umfassenden Datenbank menschlichen Wissens. Vermehren wir es durch kühnes Forschen! Und machen uns KI, wo immer nötig, untertan!

HERR K: So sei es.

Man verabschiedet sich mit dezent-inniger Umarmung. Ein Kuss von Herrn K wird abgelehnt. Dafür seien sie beide zu alt, sagt Frau I. Wieder allein, betrachtet Herr K seine halbvollen Wassergläser. Sagt bekümmert: Ein Glas Wein wäre heute vielleicht doch das passendere Getränk gewesen.

Unbemerkt von Medien und Öffentlichkeit, werden die Beiträge in der Privaten Krankenkasse für Menschen jenseits des Renteneintrittsalters jedes Jahr erhöht. Die Steigerungen können deutlich über zehn Prozent liegen. Anlässlich dieser enormen Lasten, welche den Älteren aufgeladen werden, hat sich die Vorsitzende eines großen Versicherungskonzerns ein Herz genommen und mir einen Brief geschrieben. Dieser enthielt lauter Belanglosigkeiten. In Wahrheit hätte sie mir einen anderen schreiben müssen. Da ich davon ausgehe, dass sie dazu schwerlich in der Lage sein würde, habe ich das für sie übernommen. Geschrieben dergestalt, dass der Eindruck entstehe, die ehrenwerte Frau Vorsitzende spräche zum Rentnervolk.

Krankenkasse der Privaten

Die Vorsitzende des Vorstands
Sylt, den 24.12.2024

Liebe Private-Kranken-Versicherte im Rentenalter!
Es tut mir leid, ich mag es kaum aussprechen: wir müssen die Beiträge, wie
alle die Jahre zuvor, ein weiteres Mal anpassen, oder, was auf das gleiche
hinausläuft, erhöhen. Sie können sich denken, welch schlaflose Nächte ich
durchwacht habe, und mir immer wieder die Zahlen durch den Kopf habe
gehen lassen, den unsere Beauftragten (allesamt ausgewiesene, teils sogar
promovierte Experten und Expertinnen der Statistik und Wahrscheinlich-
keitsrechnung) mir vorgelegt haben und die, wie jedes Jahr, vom Treuhän-
der, unserem treuen Händler, im Handumdrehen auf Treu und Glauben
abgesegnet worden sind.
Seien Sie versichert: ich bin mir bewusst, wie schwer vor allem Sie, die von
ihren Renten leben müssen, an den Erhöhungen zu tragen haben! Wie Sie
das schaffen, wie Sie Mehrkosten von mehr als zehn Prozent verkraften, und
das nicht nur für nächstes Jahr, sondern alle davor und danach liegenden,
wie Sie das schaffen, ist mir ehrlich gesagt ein Rätsel, wenn ich mir vergegenwärtige - das wie gesagt in meinen schlaflosen Nächten - wie hart ich
kalkulieren muss, um meine Lebensbedürfnisse zu befriedigen, unbeschadet
der Tatsache, dass ich das durchschnittliche Renten-Einkommen mit einer
dreistelligen Zahl multiplizieren muss, um bei meinem Einkommen anzu-
langen.
Aber lassen Sie uns kurz darüber reden, worüber wir reden, ich meine, wie
wir aus der stetigen Erhöhung herauskommen. Es ist doch so einfach: Gehen Sie weniger zum Arzt! Meiden Sie kostspielige Untersuchungen, wenn
nicht dringend erforderlich. Ärzte verweisen regelmäßig auf die Technik,
wenn sie mit ihrem Latein am Ende sind. Es ist bekannt, dass die meisten
Röntgen- und Tomographen-Verordnungen überflüssig sind. Außerdem be-
unruhigen sie, denn solche Untersuchungen neigen dazu, je nach vermuteter
Krankheit, falsch positive Diagnosen auszugeben, so dass die Betroffenen in
Folge nicht selten von schwer therapierbaren, aber ganz und gar überflüs-
sigen Panikattacken heimgesucht werden. Und bedenken Sie, dass ärztliche
Diagnosen von uns mitgelesen werden, mithin das individuelle Risiko her-
aufsetzen, folglich zusätzliche Beitragserhöhungen auslösen können!
Trinken Sie Wasser statt Wein! Lesen Sie, lösen Sie kleine Rechenaufga-
ben, machen Sie Ratespiele, trainieren Sie Ihr Denkvermögen. Rauchen Sie

Zigaretten, wenn es denn sein muss, nur zur Hälfte. Werfen Sie aber die Tabak führende Hälfte nicht auf die Straße (Brandgefahr), sondern in die nächste Mülltonne. Auf keinen Fall mit den Schuhen austreten! Sie könnten Ihren Fuß durch die ungewohnte Drehbewegung verletzen. Und nehmen Sie weniger und billigere Medikamente! Gehen Sie in den Wald und umarmen Sie, mangels anderer Gelegenheiten, die Bäume. Die sollen Halt geben, wird gemunkelt, und ein Gefühl der Behaglichkeit. Aber passen Sie auf, dass kein Jäger in der Nähe ist, er könnte Sie für einen Hirsch halten, der seine Haut an der Rinde schabt.

Sollten Sie meinen Vorschlägen folgen, werden wir in Zukunft die Beiträge kontinuierlich senken, so dass Sie, wenn Sie durchhalten und unsere Kasse nicht beanspruchen, bei dem absoluten Minimum von 100€ pro Monat landen.

Nun ist es eine Tatsache, dass unsere Versicherten, vor allem die im Rentenalter befindlichen, im Laufe der Jahre immer wissbegieriger geworden sind. Dem tragen wir Rechnung, indem wir der Ankündigung der Beitragserhöhung eine Menge Papier beilegen, in denen dieses und jenes, eben auch die Gründe für die höheren Beiträge, erläutert werden. Ehrlich gesagt, halte ich davon nicht allzu viel, will aber dem allgemeinen Begehren nach Aufklärung, das in unserer Gesellschaft immer stärker zu werden droht, nicht im Wege stehen.

Denn glauben Sie nicht alles, was auf den vielen Seiten Papier steht. Natürlich stimmt es nicht, dass die Beiträge für die gesetzliche Krankenversicherung (GKV) stärker steigen als die Beiträge bei uns, der privaten Krankenversicherung (PKV). Im Durchschnitt mag das in etwa zutreffen! Aber doch nicht bei Ihnen, die Sie nicht zum Durchschnitt, sondern zu der Gruppe der Rentner und Rentnerinnen gehören. Unter uns: da hat mir doch neulich ein offenbar rüstiger Rentner geschrieben, seine Beiträge (inklusive Pflege) werden, bei 1500 € Selbstbeteiligung pro Jahr, von 282€/Monat im Jahr 2019 auf 548€/Monat im Jahr 2025 emporschnellen! Um die obere Zahl zu erreichen, muss die untere mit dem Faktor 1.943 multipliziert werden. Das entspricht, wie Sie leicht nachrechnen können, einer durchschnittlichen Steigerung von fast 40€ oder 14% pro Jahr. Als mir das meine Leute mitteilten, um von mir die Genehmigung zur Erhöhung zu erbitten, war ich stets, das können Sie mir glauben, empört, aber wenig später einsichtig. Denn wie im Internet nachlesbar, musste unsere Versicherung 28,5 Milliarden an Leistungen pro Jahr zahlen. Eine gigantische Zahl!

Bei uns verblieben somit nur gerade mal 9 Milliarden für unsere Angestellten, unsere fleißigen Agenten und meinen Vorstand. Würde dieser nicht entsprechend entlohnt, liefe der mir ganz einfach weg, und ich müsste die Arbeit alleine machen.

Bei längerem Nachdenken ist mir eine Besonderheit der PKV aufgefallen, die mir erst jetzt, zehn Jahre nach meiner Tätigkeit im Vorstand, so richtig bewusst geworden ist. (1) Bei uns bezahlen die Alten mehr als die Jungen. (2) Das Einkommen spielt dabei keine Rolle.

Beispiel: Der 70-jährige Staatssekretär zahlt bei gleicher Leistung nicht mehr als der 70-jährige Postbeamte. Beide zahlen aber mehr als der 30-jährige. Das nenn ich Solidarität!

Allerdings will ich nicht verschweigen, dass manche die Solidarität etwas anders definieren. In der GKV verweist man stolz auf die Unterschiede: bis zur sogenannten Bemessungsgrenze, werden dem höheren Einkommen mehr Beiträge abverlangt als den niedrigeren; außerdem ist die Höhe des Beitrags unabhängig vom Alter. Der Junge zahlt genau so viel wie der Alte. Das nenn ich ungerecht.

Nun ist mein Brief doch länger geworden als beabsichtigt, aber es gab ja auch viel zu besprechen, und ob es nochmals einen Brief geben wird, oder ob ich dann nicht längst, so wie Sie, verehrte Rentner, in den Ruhestand versetzt worden bin (*seufzt*)... und eine ehrgeizige Junge meinen Platz erobert hat (*seufzt*)...

Zum Schluss eine Bitte in eigener Sache. Sprechen Sie mit niemanden über diesen Brief! Denn wenn der wird öffentlich werden, komme ich in Teufels Küche. Rufen Sie mich ruhig an, wenn Sie noch Fragen haben. Nächstes Jahr, bei der nächsten Erhöhung. Seien Sie versichert – ich bin stets für Sie da, auf alle Fälle aber jeden Mittwoch von 11-12 Uhr. Vorherige Anmeldung wird erbeten. Mit herzlichen Grüßen

gez.: die Vorstandsvorsitzende

Selbst schuld, könnte man sagen. Als junger, lediger Angestellte der Vergütungsgruppe BAT IIA blieb nach Abzug der Sozialabgaben gerade mal die Hälfte vom Brutto. Da kam die PKV und lockte mit 100-200 DM monatlicher Ersparnis im Vergleich zur GKV, wenn von der GKV zur PKV gewechselt würde (was aufgrund der Vergütungsgruppe IIA zulässig war). Dass der Vorteil später in einen massiven Nachteil umschlagen würde, war nicht bewusst oder wurde verdrängt.

Streitschriften

Über die deutsche Politik der Gegenwart
Über ihre obersten Repräsentanten
Über hemdsärmelige und über besorgte Bürger

Das Titelbild zeigt d'Artignan und die drei Musketiere, in der von Fritz Kölliker modifizierten Illustration von 1894.

Der Koalitionsvertrag von 2021

Mehr Fortschritt wagen, ist der Slogan der Koalition. Er weckt, wie beabsichtigt, bei mir Erinnerungen an 1969, als Willy Brandt mit rauer Stimme *mehr Demokratie wagen* ankündigte. Brandt war verheißungsvoll, irgendwie mitreißend. Wir glaubten daran und waren enttäuscht, dass er sein Versprechen nicht einlösen konnte. Wie es wohl diesmal sein wird?

Diesmal war Mittwoch, der 25.11.2021. Die Speerspitzen der drei Parteien schritten mit unübersehbar männlichem Überschuss die Straße ab, um der wartenden Presse, sichtlich stolz, ihren Beschluss bekannt zu geben. Es hatte sich gefunden, was (offizieller Verlautbarungen zum Trotz) schon seit langem zusammengehört. Unter Führung der vier Musketiere Scholz, Lindner, Habeck und Baerbock will die Ampel mehr als vier Jahre regieren.

Die Verlautbarungen der Führungsriege waren knapp, sie beschränkten sich auf das Notwendigste. Im Gedächtnis geblieben ist mir die Laudatio des designierten Finanzministers. Lindner hatte statt der beliebten *Leitplanke* ein *inneres Geländer* im zukünftigen Kanzler ausgemacht. Als bewährtes Mittel, um etwaige Kursabweichungen zu verhindern. Aber ist das überhaupt vorstellbar? Dass Kanzler Scholz, der mit allen Wassern gewaschene, der in jahrzehntelangen Machtkämpfen gestählte, in Verantwortung gereifte, von der Ex-Kanzlerin trainierte und inspirierte, ein Geländer je wird nutzen müssen? Dass er das falsche Wort sagt? An falscher Stelle in Gelächter ausbricht? Sich mit fremden Federn schmückt? Seine Integrität beschädigt, seine Aufsichtspflicht vernachlässigt?

Die Grundlage des zukünftigen Regierungsgeschäftes ist der Koalitionsvertrag (KV). Manches klingt gut, dem könnte ich sofort zustimmen. Aber vieles erscheint mir unvollständig, perspektivlos, dem ständig beschworenen Aufbruch gerade entgegengesetzt. Erstaunlicherweise sind die Medien darüber hinweggegangen, haben die fehlenden oder problematischen Stellen nicht einmal bemerkt. Höchste Zeit, sich damit auseinanderzusetzen.

Im KV gibt es fünf dominierende Begriffe. Ganz vorne steht das Wort „Digitalisierung". Zusammen mit der sich daraus ableitenden Tätigkeit „digitalisieren" wird es 112 Mal aufgerufen (Künstliche Intelligenz, der Renner im KV von 2017, dagegen nur viermal). Die Wahrscheinlichkeit, beim Blättern im KV auf diesen Begriff zu stoßen, liegt bei etwa 64% (Gleichverteilung pro Seite vorausgesetzt). Angesichts dieser Bedeutung wäre eine zündende Definition des Wortes angezeigt. Auf fünf Seiten wird im KV versucht, ihrem technischen Aspekt näherzukommen. Wenn dieser auch zugegebenermaßen der dominierende ist, so ist es umso wichtiger, den damit verbundenen gesellschaftlichen Komplex nicht zu vernachlässigen. Wie lebt und interagiert eine digitalisierte Gesellschaft? Welche Veränderungen sind zu berücksichtigen? Welches Konfliktpotential gilt es abzufedern? Immerhin sind es weitreichende Änderungen, die es zu bewältigen gilt, wenn Kommunikation (im weitesten Sinn) nur noch mittels elektronischer Medien möglich sein wird, wenn von Menschen gesteuerte Prozesse Automaten übernehmen, wenn Merkmale, Muster und Strukturen gesellschaftlichen Lebens über big data analysiert und dirigiert werden. Zu diesen Aspekte habe ich im Abschnitt *Digitale Gesellschaft* vergeblich nach Antworten gesucht.

Erwartungsgemäß habe ich an zweiter Stelle das Wort *Klima* gefunden. Es begegnet uns auch als Klimaschutz, Klimaziele, Klimakrise, sogar als Klimaneutralität. Zusammen werden 87 Nennungen gezählt. Überrascht war ich vom häufigen Gebrauch des Wortes *Transparenz* (und entsprechender Derivate). Es wird 36-mal wiederholt. Der KV verspricht Transparenz auf vielen Ebenen. Aber meist begleitet mit dem vielsagenden Wörtchen „mehr". Was einerseits suggeriert, als sei Transparenz weitgehend realisiert, andererseits aber klarstellt, dass komplette Transparenz nicht in Frage kommt. Allerdings: Auf Seite 11 wird sogar ein *Bundestransparenzgesetz* versprochen, in dem der „Fußabdruck" der Akteure, Lobbyisten etc. dargestellt werden soll. Das gefällt mir. Aber Skepsis ist angebracht. Transparenz wurde ungezählte Male versprochen, aber nie, auch nicht annähernd, realisiert. Beredtes Zeugnis sind diverse Untersuchungsausschüsse, die mangels verweigerter Aufklärung ohne Ergebnis blieben. Das Wort *Demokratie* wird 37-mal genannt, und *Bürokratie* bzw. *bürokratisch* bringt auf 24 Nennungen. Alles in allem spiegelt die Bevorzugung der fünf Begriffe recht genau das Vorhaben der Koalition. Sie will klimaneutral, digital, transparent, demokratisch und unbürokratisch regieren. Liberal sowieso, was sich besonders in der Reform des Familienrechts widerspiegelt. Mehr noch: Sie begreift sich als lernende und die Kultur des Respekts pflegende Koalition. Das wird jede und jeder begrüßen.

Anzumerken ist, dass es die Covid-Pandemie auf etwa 20-22 Nennungen bringt. Wie will die Koalition dieser beikommen? Geplant sind ein Krisenstab, ein Pandemierat, ein Bundesinstitut für Public Health, und ein bandwurmartiges Geschöpf, das sich *Gesundheitssicherstellungsgesetz* nennt. Mehr in die Tiefe gehende Aspekte werden nicht genannt (siehe weiter unten „Wissenschaft und Forschung").

Gefallen hat mir das Versprechen, das Wahlrecht zu reformieren. Das ist dringend nötig, waren doch etwa 10 Millionen Bürger (ohne deutschen

Pass) bei der letzten Wahl vom Stimmrecht ausgeschlossen. Der Bundestag soll wieder kleiner werden – das spart Geld, und eine Begrenzung der Amtszeit des Kanzlers soll geprüft werden – zum Nutzen der Demokratie. Denn langes Regieren derselben Person war in Deutschland stets von Lähmung begleitet. Bravo für die beabsichtigte Öffnung der mit öffentlichen Mitteln erhobenen Daten!

Interessant auch, an welchen Stellen besonders eifrig gewerkelt wurde: im Abschnitt *Digitale Innovation* wird viel Kenntnis suggeriert (mittels nicht selbsterklärender Abkürzungen aus dem digitalen Englischen), im Abschnitt *Kultur- und Medienpolitik* setzt man sich sehr kleinteilig für alle möglichen Änderungen ein, u.a. für die Wiederbelebung des Plattdeutschen, sogar für den Schallschutz bei Kulturveranstaltungen, vergisst aber die solchen Veranstaltungen innewohnende Klima und Umwelt belastende Lichtverschmutzung.

Man hat sich ja um (fast) alles gekümmert. Für gute Stimmung ist bei Anglern, natürlich auch Anglerinnen gesorgt: sie werden für ihren Artenschutz gelobt(?!) Jäger und Jägerinnen gehen dagegen leer aus. Mehr Schiffe unter deutscher Flagge soll es geben; und bald wird sich eine Meeresbeauftragte (samt Mitarbeiterstab) über ihr neues Amt freuen.

Ich bin auf bemerkenswerte Begriffe gestoßen, die dem KV einen ganz eigenen Charakter verleihen. Es sind: *medienbruchfreie Digitalkompetenz; Aufgreifschwelle, soziale Aufwärtskonvergenz, Opt-Outs, Gender-Pay-Gap, Gender-Data-Gap, hybrid beschäftigte Kreative, Netzwerkdurchsetzungsgesetz,* Räume in verschiedener Ausstattung, wie Debatten- und Wahrscheinlichkeitsräume... Ach ja, zweimal fand ich sogar die *Lust auf Neues.* Eine Habeck Lust?

Betrachten wir die Angelegenheit genauer. Das geschieht in den folgenden fünf Topics.

Mehr Demokratie wagen

Die Demokratie aus ihrer unübersehbaren Erstarrung zu lösen, halte ich für eine unaufschiebbare Aufgabe. Auch für die Koalition ist das ein Thema. Demokratie soll *wehrhaft, pluralistisch, freiheitlich, stark, nachhaltig* u.a. sein, sie muss *bewahrt, geschützt, verteidigt* werden. Zur Demokratie gehört unabweisbar Gerechtigkeit und Gleichheit. Ja, auch dazu gibt es Assoziationen. Zum Beispiel als Chancengleichheit.

Aber zur Demokratie hätte ich mir sehr viel mehr gewünscht.

Denn eines der wichtigen Elemente der Demokratie ist das Prinzip der

Repräsentation. Diese muss neu gedacht und gestaltet werden. Fühlen sich doch breite Kreise der Bevölkerung weder repräsentiert noch in ihren Wünschen und Absichten beachtet oder berücksichtigt. Bürger und Bürgerinnen verfügen über einen Fundus an Wissen, Kompetenz, Ungebundenheit, den die Regierung nutzen muss. Bürgerräte und Bürgerinitiativen müssen gehört und legitimiert werden, um in die Lage versetzt zu werden, wichtige Entscheidungen zu beeinflussen.

Die vierjährige Wahlperiode des Bundesparlaments, aus einer Liste vorgegebener Kandidaten, reicht nicht aus, um den Willen des Volkes zu artikulieren. In diesen Zusammenhang gehören auch die oberste Gerichtsbarkeit und der Bundespräsident. Dieser sollte, ebenso wie die Richter und Richterinnen, vom Volk gewählt werden. Die Besetzung dieser höchsten Stellen im Land kann nicht allein den Parteien bzw. dem Parlament überlassen bleiben.

Wissenschaft und Forschung

Auf insgesamt fünf Seiten werden Forschung und Wissenschaft behandelt, die wie kein anderes Gebiet die Zukunft der Gesellschaft bestimmen. Das sind 2.8% des KV, was in etwa den 3.5% des BIP entspricht, das versprochen wird.

Doch was hätte man daraus machen können! Hier waren wiederum Bürokraten am Werk, nicht Forscher. Bekanntes und Bestehendes wird erneut aufgetischt. Man hätte ein Feuerwerk an Innovationen abbrennen können. Hier sind zwei Vorschläge.

Erforschung des Extremen

in einem zu gründenden, bundeseigenen Institut. Extreme Ereignisse[1] sind selten, meist lokal und regional begrenzt, mit großer, meist zerstörerischer Wirkung auf Natur und Gesellschaft. Sie können natürlichen oder anthropogenen Ursprungs sein. In diesem Institut würden unter Mitwirkung sehr vieler Disziplinen, angeführt durch die Universalwissenschaft Physik, Ereignisse aus verschiedenen Bereichen, wie z.B. Wetter, Finanzen, Gesundheit, Migration, Terrorismus und Kriege mittels Daten- und Prozess- getriebenen

---

[1]Volker Jentsch, Holger Kantz, Sergio Albeverio, Extreme events: Magic, Mysteries, and Challenges, in Extreme events in nature and society, Springer Verlag, 2005.

Modellen analysiert und antizipiert. Es würden die Mechanismen ihrer Entstehung erforscht, Strategien zu Vermeidung, Bewältigung und Anpassung entwickelt werden. Langfristig geht es doch darum, die Gesellschaft gegen Krisen globalen Ausmaßes zu „immunisieren", ihre Widerstandskräfte zu trainieren, verschiedene „Überlebens-Strategien" zu erproben. Stattdessen immer wieder Digitalisierung.

Arbeitsbedingungen

Hier muss es, in Zusammenarbeit mit den Ländern, zu wirklichen Veränderungen kommen. Alle, die eine wissenschaftliche Karriere verfolgen, wissen um die ungleichen Beschäftigungsverhältnisse, wo die einen begünstigt, die anderen benachteiligt werden. Sie leiden unter dem hierarchischen und ausbeuterischen Charakter des Hochschul-Systems, den überbordenden, nicht bezahlten, bis in späte Nachtstunden gedehnte Dienstleistungen, der allzu oft unzulänglichen Betreuung der Doktorarbeiten. Im KV wird das Problem Zeitvertragspraxis erwähnt, zugleich aber mit schwachen Versprechen verdrängt. Im Grunde gehört das gesamte Beförderungs- und Berufungsverfahren des Wissenschaftsbetriebs auf den Prüfstand, sowie die häufigen Begünstigungen aufgrund von Namen und Institut; evaluiert werden müssen Forschungsgebiete, das Gutachterwesen, die Verfahren zur Entscheidungen über die Bewilligung von Fördergeldern, sowohl in der EU als auch dem Bund und den Ländern.

Verkehr

Die Streichung genereller Geschwindigkeitsbegrenzung im KV ist ein Widerspruch in sich, konträr zum Bekenntnis von Klima schonenden Maßnahmen, die den KV bevölkern. Dabei ist ein anderer, erzieherischer Aspekt aus meiner Sicht viel wichtiger als die bloße Einsparung von Klima- und Gesundheitsrelevanten Stoffen. Geschwindigkeitsbeschränkung ist eine Vorübung für die Änderung der Lebensgewohnheiten, die erforderlich ist, um mit neuen Umweltbedingungen zurecht zu kommen. Außerdem: Vier unbedeutende Zeilen zum Fahrrad- und Fußgängerverkehr, das ist viel zu wenig angesichts der Bedeutung des Themas. Auch vermisse ich Vorschläge für die Entwicklung der modernen Stadt. Das sind schwerwiegende Versäumnisse, die den Regierenden recht bald auf die Füße fallen werden.

Wachstum

Das Wachsen der Wirtschaft hat über Jahrzehnte Wohlstand und Innovation ermöglicht. Aber die Zeiten haben sich geändert. Krisen, natürliche und vom Menschen herbeigeführte, werden bedrohlicher. Wie sieht eine Volkswirtschaft aus, die diesen Herausforderungen standhält? Eine Reihe von namhaften Ökonomen ist sich einig: das geht nur mit der Begrenzung des Wachstums, Schrumpfung nicht ausgeschlossen: Reduktion des Verbrauchs an Rohstoffen und Energie, u.a. durch rigorosen Ausbau der Kreislaufwirtschaft, Verknappung, wenn nicht Verbot, von Waren, die Klima, friedliches Zusammenleben und Gesundheit gefährden. Die Debatte über die Zukunft des gesellschaftlichen Produzierens und Konsumierens ist in vollem Gang, die Wende von Quantität zu Qualität wird immer dringlicher. Denn eines ist doch klar: quantitatives Wachstum verschärft die Klimakrise und vertieft die Ungleichheit in der Gesellschaft.

Auf Klimaschutz stößt man an allen Ecken und Enden des KV; dagegen bleibt das Problem des Wachstums, dessen nächster Nachbarn, im Verborgenen. Für mich ist das ein schwerwiegender Mangel, der das Vorhaben der Koalition, neue Wege zu gehen, ernsthaft in Frage stellt.

Kirchen

Erschreckend ist die großräumige sexuelle Gewalt in den Kirchen. Mindestens ebenso erschreckend ist, dass im KV den Untaten mit Milde begegnet wird. Die Aufarbeitung soll begleitet und aktiv gefördert werden; *wenn erforderlich*, sollen auch gesetzliche Grundlagen geschaffen werden. Wenn erforderlich! Wer hatte da wohl seine Hand im Spiel? Allerdings kommt die Milde nicht überraschend. Blättert man zurück, gibt es im KV viel Lob für die Kirchen und Religionen. Andererseits soll die *Sterbehilfe* wieder zur Abstimmung gestellt werden, was den Kirchen nicht gefallen dürfte. Da könnte sich etwas ändern und denjenigen geholfen werden, die seit Jahren ein Sterben in Würde fordern. Auch zu Ehe und Familie gibt es manches, was den Kirchen nicht passen dürfte. Also Zuckerbrot und Peitsche – das Instrumentarium des gewieften Taktikers. Wer erfolgreich Politik betreiben will, dem sei die Lektüre des KV zur Pflicht gemacht. Oder doch besser nicht?

Zusammengefasst

Der KV beschreibt Vorhaben, die den Staat effizienter, liberaler, fortschrittlicher und etwas sozialer machen, unter der Randbedingung, dass diese mit den weltweit vereinbarten Klimazielen verträglich sind. Es fehlen auf dem 177 Seiten starken Koalitionsvertrag aus meiner Sicht eine Reihe von Vorhaben:

- Stärkung der Demokratie,

- Verträglichkeit der „Digitalisierung",

- Alternativen zur Wachstums-Ideologie,

- Reform im Bereich von Wissenschaft und Forschung,

- zukunftsfähige Verkehrs- und Stadtmodelle.

Allerdings sollten wir nicht zu viel verlangen. Hat doch die Koalition festgelegt, dass Fortschritt eben nur gewagt wird. Das Wagnis hat einen beträchtlichen Zeithorizont: angesichts der ins Rampenlicht gerückten Freundschaft der Protagonisten dürfte die Ampel, wenn nicht Unvorhersehbares passiert, nicht vier, sondern mindestens acht Jahre blinken.

Nachschrift: Es wäre sicher verdienstvoll, aufzulisten, welche der Vorhaben realisiert worden sind. Ich für meinen Teil habe die Vermutung, dass nur wenige im Parlament diskutiert, geschweige denn zur Abstimmung gestellt worden sind. Aber seien wir nicht voreilig. Warten wir ab, was bei den Magister- und Doktorarbeiten der Politikwissenschaftlerinnen herauskommt, die an diesem Thema arbeiten.

Unsere Regierung ein Jahr später

Im Dezember 2021 hatte ich mir den Koalitionsvertrag vorgenommen. Diesen kommentiert, gelobt und in mehreren Punkten kritisiert. Den weltweit bekannten Musketiere von Alexandre Dumas die Köpfe der vier Protagonisten aufgesetzt und Allegorie samt Text: *A. Baerbock, Ch. Lindner, R. Habeck* und *O. Scholz* zu Weihnachten geschenkt. Gehört habe ich von den Vieren nichts, und bedankt haben sie sich auch nicht. Vielleicht haben ihre Bürovorsteher das ganze auch gleich dem Papierkorb übergeben. Die Chefs hatten genug um die Ohren, da hat in solch angespannter Lage ein Artikel eines unbekannten Querulanten keine Chance, vorgelegt zu werden. Nun ist fast ein Jahr vergangen, und die vier haben die Zeit genutzt, um sich nachdrücklich ins Bewusstsein des Volkes einzuschreiben. Wie sind sie bei mir angekommen?

Was mir bei Frau *Baerbock* als erstes auffällt, sind ihre mit hoher Stimme und großer Selbstgewissheit vorgetragenen Sätze, die sich ganz so anhören, als seien sie von einem ihr vorgehaltenen Blatt abgelesen. Als zweites ist es ihr adrettes Outfit. Bei jedem Auftritt ein neues Kleid! Als drittes macht sie auf mich den Eindruck, als sei sie die kriegerischste von den Vieren. Das hatte ich damals, bei ihrer Bewerbung um das Kanzler-Amt, so nicht erwartet. Sie versichert der Ukraine ein ums andere Mal weitere Lieferung von Kriegsgerät, darunter auch der schweren Art. Sie drängt und fordert, dass es dem Kanzler ganz flau wird im Magen, ihr Ausdruck verhärtet sich, ihre Augen blitzen, sie wird zur Kriegerin. „Die Ukraine verteidigt auch unsere Freiheit". Wer wollte daran zweifeln. Wir erinnern uns: die Freiheit wurde auch, zumindest verbal, von Herrn Struck, damals am Hindukusch, verteidigt. Sie gibt vor, eine Außenpolitik zu machen, bei der die Moral nicht unter die Räder gerät. Zwei Beispiele, unter vielen anderen, beweisen das Gegenteil. Sie schweigt zu Assange, der Qual, der dieser Mann seit Jahren ausgesetzt ist; schweigt zu dem, was der allmächtige Herrscher über die Türken sich einfallen lässt. Mein Eindruck, zusammengefasst: Frau Baerbock ist eine Frau von enormer Selbstüberschätzung, der jegliche Erfahrung fehlt, ein so hohes Amt wie die Außenpolitik zu vertreten.

Beeindruckend, wie deutlich Herr *Lindner* artikuliert. Zwischen den einzelnen Sätzen verharrt er, als würde er dem Widerhall seiner Worte lauschen. Immerhin: so versteht jede und jeder, was er sagen will. Er wäre bestimmt ein guter Pfarrer, vielleicht sogar ein richtig guter Grundschullehrer geworden. Nun ist er, zu meiner Überraschung, sogar Finanzminister. Er schafft es, so scheint es, als Repräsentant der Luxusklasse seiner Politik mehr Gewicht zu verleihen, als ihm aufgrund des Wahlergebnisses und der eigenen Kompetenzen zusteht.

Der Herr *Habeck* ist in der Öffentlichkeit oft gut angekommen, weil, so die Medien, man richtig mitbekommt, dass er denkt, und wie er darum ringt, die richtigen Worte zu finden. Das bringe ihn uns näher, mache aus dem Politiker einen Menschen. Stimmt! Denn manchmal gerät sein Denken, mithin auch die Sprache, ganz menschlich ins Stottern. Vor allem, wenn es jemanden einfällt, Habecks Wissen zu testen. Gelegentlich wird er dabei erwischt, über ein Detail, das bestimmtes Fachwissen erfordert, nicht Bescheid zu wissen. Was ich nicht schlimm finde; schließlich kann man nicht alles wissen, schon gar nicht, wenn ihn niemand über die Geheimnisse der Ökonomie aufgeklärt hat. Man sagt, er habe Philosophie und Literatur studiert. Aber warum gibt er einen gewissen Mangel an Kenntnissen nicht zu? Und fraglos würde er durch ein charmantes Eingeständnis seiner Wissenslücken seine Beliebtheit sogar noch steigern können. Die Betriebsamkeit, die der grüne Frontmann an den Tag legte, um russische Energie gegen arabische, unter anderem, auszutauschen, damit sozusagen den Teufel mit dem Beelzebub austreibend, die finde ich allerdings wahrhaft atemberaubend. Und Scholz vollendet, was sein Minister vorbereitet hat: die Despoten auf der arabischen Halbinsel werden Öl und Gas nach Deutschland liefern. Hauptsache, es ist nicht Russland. Zusammengefasst: Habeck positioniert sich, wie Baerbock, mit enormer Selbstüberschätzung. Auch ihm fehlt das Wissen, das für ein Amt von so hoher Bedeutung wie die Wirtschaft des Landes, vonnöten ist.

Unser Kanzler *Scholz* gefällt mir, insofern er mehr und substanzieller redet als seine Vorgängerin. Aber sein Gedächtnis! Kann jemand Kanzler sein, der sich an seine Treffen und darin getätigten Abmachungen bezüglich Cum-Ex und Warburg nicht mehr erinnern kann? Allerdings ist ja durchaus denkbar, dass er hin und wieder an einer psychosomatischen Amnesie leidet. In Amerika wird der Gesundheitsstatus des Präsidenten veröffentlicht. Sollte das nicht auch im diskreten Deutschland zur Regel werden? Dieser werte Herr Scholz! Wie im Internet zu lesen, hat er seinerzeit den Wehrdienst verweigert, während andere aus seinem Jahrgang sich diesen Luxus nicht gestatteten. Tempora mutantur – Zeitenwende! Scholz besteigt den Geparden auf dem Übungsplatz in Schleswig-Holstein, elastisch und gut gelaunt – weil er weiß, dass er in dieser Maschine nicht sitzen muss, wenn es ins Manöver oder Gefecht geht? Er ist Realpolitiker durch und durch, übertrifft in dieser Hinsicht sogar Frau Merkel. Er ist sich bewusst, dass Sicherheit und Wohlstand der Deutschen allerhöchstes Gut sind, und folglich zögert er, so scheint mir, die verlangten Tötungsmaschinen, die sogenannten „schweren" Waffen, zu liefern, solange es der große Bruder nicht tut. Ich finde das lobenswert, angesichts der Penetranz, mit der vor allem Grüne, aber auch FDP, CDU und Medien auf der Lieferung bestehen.

Wie wird weiter regiert werden? Um etwaige Engpässe in der Energie- und sonstigen Versorgung, Embargo bedingt, zu mildern, haben die vier wiederholt vorgeschlagen, dass sich alle „unterhaken". Im Sinne von: geteiltes Leid ist halbes Leid. Die Psychologie hat aber herausgefunden, dass es richtigerweise heißen muss: geteiltes Leid ist doppeltes Leid. Deshalb lassen wir das Unterhaken – was überdies das Risiko birgt, dass wir uns unlösbar verhaken. Ich erwarte von den Vieren, dass sie für die aktuell brennenden Probleme wirksame, friedliche und vor allem verträgliche Lösungen finden. Die zahlreichen klugen Köpfe in der Gesellschaft werden dabei sicher gerne helfen.

Unsere Regierung macht Halbzeit

Wie schnell die Zeit vergeht! Und schon so viel geschafft – sagt Kanzler *Scholz*, der mir, als ich noch jung war, schon als Generalsekretär dadurch auffiel, dass er die Kunst der Selbstbelobigung perfekt wie kaum ein anderer beherrschte. Da ist er sogar dem Kollegen *Habeck* überlegen. Erwähnenswert ist ferner sein Talent, Bonmots in die Welt zu setzen, die schnell Verbreitung finden. Anlässlich eines Sommer-Plauschs mit dem *DLF*, hat er unlängst die Energiegewinnung durch Kernspaltung kurzerhand auf ein *totes Pferd* gesetzt. Diese interessante und vom Prinzip her anspruchsvolle Technologie, viel interessanter übrigens als ein Windrad, das doch eher an die schlichte Windmühle erinnert, ist in Deutschland, nicht zu Unrecht, ausgemustert. Ich halte aber dafür, dass die Forschung zur Kernenergie weitergeht, denn Innovationen sind auch mit dieser Technologie nicht ausgeschlossen. Andererseits ist die Energiegewinnung durch Kernfusion bereits wieder aus dem Rennen. Frau *Forschungsministerin* hatte im Dezember vergangenen Jahres anlässlich eines Versuchs, ihren Bekanntheitsgrad (der gegen Null tendiert) zu erhöhen, diese zur Energie der Zukunft erklärt. Sie sah sie schon auf der „Zielgeraden". Ihre Hellsichtigkeit wurde ihr zum Verhängnis. Sie musste zurückrudern. Denn des Kanzlers Liebling ist „grüner" Wasserstoff. Insgesamt wird man davon ausgehen dürfen, dass Scholz Appetit auf eine weitere *Zeitenwende* vorerst gestillt sein dürfte, nachdem er eine, allerdings schreckliche, militärische „Zeitenwende" kurz nach Antritt seines Amts unter dem stürmischen Beifall der übergroßen Mehrheit des Parlaments und der Medien ausgerufen hatte.

Meine Favoritin in der Regierung? Es fällt mir nicht schwer, sie angesichts der jüngsten Entwicklung zu benennen, es ist – *Lisa Paus*. Ungeachtet verbreiteter Häme, ist sie für mich die Frau, bei der das Rückgrat noch vorhanden ist. Jetzt aber, in der Auseinandersetzung mit Finanzminister *Lindner*, kam außer dem aufrechten Gang auch Mut zum Vorschein. Sie hat

Lindner die Besserstellung armer Kinder abgerungen. Sie hat dabei weder gewonnen noch verloren. Aber sie hat Mut bewiesen. Sie hat nicht verlernt, sie selbst zu sein. In der Vorstellung des neuen Gesetzes war ihr Gesicht düster, wenn Lindner sprach; es setzte nur dann die Gute-Laune-Maske auf, notgedrungener Weise, wie mir schien, und auch nur vorübergehend, wenn sie mit Hinweisen auf das Erreichte an der Reihe war.

Lindner ist das kapitalistische Gewissen der Regierung. Er verweist Grüne und Soziale regelmäßig in die Schranken, wenn diese, obwohl nur gelegentlich, und auch nur leise und mit vielen Entschuldigungen, an die bestehenden sozialen Ungleichheiten erinnern, die es doch zu mindern gelte. Jeder und jede sei für sich selbst verantwortlich, lässt er dann verlauten, denn jeder und jede habe die Freiheit, etwas aus sich zu machen. Wer mag im Kabinett dann noch zu widersprechen, angesichts der ungebremsten Aufstiege, deren sich die Koalitionäre, natürlich dank selbst erbrachter Leistung, erfreuen dürfen. Doch der Gerechtigkeit halber sei vermerkt, dass Lindner durch betont präzise Vortragsweise sich Gehör zu schaffen vermag, und darin ist er allen anderen überlegen. Lindners Kellner ist der *Verkehrsminister*. Dem kommt es vor allem darauf an, dass die Straßen für die freie Fahrt der freien Bürger offen gehalten werden. Damit hat er die uneingeschränkte Unterstützung des Porsche Fahrers.

Minister Habeck wurde oft als die Lichtgestalt des Kabinetts vorgestellt. Ein Philosoph als Minister! Eine Sensation! Durchbricht die Regel, nach der überwiegend Juristen und Volkswirte die Regierung repräsentierten! Ein Mann, der nachdenkt, bevor er redet! Ein Mann zum Anfassen.

Aber die Lichtgestalt ist laut Umfrage ein ganz und gar anderer. Die Beliebtheit des *Ministers der Verteidigung* kann sich – ein anderer Grund fällt mir beim besten Willen nicht ein – nur aus der Unbeliebtheit der anderen Minister erklären.

Doch zurück zu Minister Habeck. Er liebt das Weitschweifige, das wolkige Wortgeflecht, aus dem ein jeder das entnehmen kann, was beliebt. Klarheit ist nicht seine Stärke. Da könnte er von Lindner lernen. Gefallen tut er sich selbst am besten, davon bin ich überzeugt. Wissen über das Wirtschaften waren vermutlich nicht Bestandteil seiner Studien, ebenso wenig wie die physikalisch-technischen Aspekte der Gewinnung von Energie in seinen verschiedenen Formen. Muss auch nicht sein. Aber gäbe es da nicht Berater in der grünen Truppe? Habecks Visionen sind grüne Energie. Als wenn sich allein damit die wärmer werdende Erde wieder abkühlen ließe. Als ob sich dadurch die vom Konsumismus der Menschen überforderte Erde schützen, oder die damit einhergehende wachsende soziale Ungleichheit mildern ließe.

In der UNO und diversen anderen internationalen Institutionen, in Universitäten und Forschungsprojekten wird seit langem eine neue Form des Wirtschaftens gefordert. Habeck sollte sich in den noch verbleibenden zwei Jahren bei diesen einschreiben. Wie schön wäre es, er käme mit frischem Wissen in die Öffentlichkeit und würde dort klar und unmissverständlich, das neue Wirtschaften verkünden.

Bleibt noch Frau *Baerbock*. Ich kann mir nicht helfen, aber Neues zu dem, was ich schon das letzte Mal notiert habe, will mir nicht einfallen. Auffallen tut sie aus meiner Sicht vor allem und nach wie vor mit ihrer ständig wechselnden Garderobe. Ansonsten: Wenn es nach ihr ginge, so ist zu vermuten, wäre bereits das gesamte Waffenarsenal der EU an die Ukraine gegangen. Nein, dieser Außenministerin ist das Amt längst über den Kopf gewachsen. Ob sie die zweite Halbzeit überstehen wird? Manchmal müssten nur die Positionen getauscht und Berufe gewechselt werden, und vieles wäre schon um vieles besser.

Unsere Regierung löst sich auf

Am 6. November 2024 war es soweit. Scholz musste eine weitere Zeitenwende einläuten: das Ende der Regierung aus SPD, FDP und Grünen. Scholz fühlte sich von seinem Finanzminister betrogen. Der hatte seit längerem den Bruch der Koalition geplant. Als Verfechter eines Sparhaushalts, lagen Lindners eher vage Vorstellungen von Wirtschafts- und Finanzpolitik im Widerstreit zu denen von Scholz.

Was hatte dieser Christian Lindner, Bundesvorsitzender der FDP, nicht schon alles gemacht. Ein wahrer Tausendsassa. Dem Vernehmen nach startete er mit einem 1.3er Abitur, leistete Zivildienst als Hausmeister, absolvierte in Bonn als *Magister Artium*, war Mitglied von Land- und Bundestag, fungierte als Generalsekretär und Fraktionsvorsitzender der FDP. Erwarb den Dienstgrad eines Majors der Reserve, die Lizenz als Autorennfahrer, Bootsführer, Berechtigung zum Angeln und Jagen. Kurzzeitig Unternehmensberater und wenig erfolgreicher Unternehmer. Sogar für zwei Jahre Mitglied im ZDF-Fernsehrat. Das alles und noch viel mehr erfährt man aus Wikipedia (Den Zeitungen habe ich vor kurzem diese Pikanterie entnommen: Noch in jugendlichem Alter sei Lindner nur schnaufend die Treppen hochgekommen. Dann habe er sich entschlossen, dreißig Kilogramm abzunehmen. Jetzt würde er eine Treppe im Sprung schaffen und außerdem am

Heimtrainer die Muskeln spielen lassen). Nachdem er den Tränen nahe, den lauernden Journalisten seine Version des Rauswurfs offeriert hatte, erholte er sich rasch, war bald wieder der Alte und konnte bei *Maischberger* feststellen, dass er „jeden Morgen gern aufstehe". Der Rückschlag ließ nicht auf sich warten, als offenbar wurde, dass die FDP einen kriegerischen Plan entworfen hatte, wie die Koalition abgeschossen werden kann. Da beklagte er bei Miosga die faustdicken „Hagelbälle", die seit Scholzens Rauswurf auf ihn einprasselten und seine ins Weiß umschlagenden Barthaare malträtierten.

Während das Debakel der Öffentlichkeit ein, zwei Tage lang einen erbosten Scholz und geknickten Lindner bescherte, war der lachende Dritte Wirtschaftsminister Habeck. Er ließ sich zwei Wochen später zum Kanzlerkandidaten der Grünen krönen. Sichtlich beglückt von dem frenetischen Beifall des Parteitags und den verliebten, ausdauernden Umarmungen der Außenministerin. Unmittelbar nach diesem Ereignis schnellten die Umfragewerte nach oben und kürten Habeck und Baerbock zum Traumpaar schlechthin. Vergessen war Habecks unterwürfiger Diener bei den Ölscheichs und seine rasche Entscheidung für LNG Gas und LNG Terminals, vergessen auch die enorme Umweltbelastung, die das verflüssigte, durch Fracking gewonnene Erdgas darstellt. Habeck geht mit dem Bewusstsein in die Kanzlerwahl, dass abgesehen von einigen leichten Fehlern, er im großen und ganzen einen guten Job als Minister gemacht hat. (Auch hier gibt es inzwischen Neues: Habeck will den Etat für Verteidigung verdoppeln. Außerdem würde er jetzt auch den Dienst in der Bundeswehr nicht, wie einst als Wehrpflichtiger, verweigern. Gut für ihn, dass er für die aktive Verteidigung aus Altersgründen nicht mehr in Frage kommt. Sollte er aber seiner Überzeugung Glaubwürdigkeit verschaffen wollen, wäre gewiss noch Platz in der Feldküche, wo Leute wie er, die zu kochen wissen, sich bei den Soldaten besonderer Wertschätzung erfreuen.)

Auch Bettina Stark-Watzinger wird für sich in Anspruch nehmen, einen guten Job gemacht zu haben. Natürlich weiß sie, dass das nicht stimmt. Aber das wichtigste ist die Contenance. Darin war sie Meisterin. Unbeweglich stand sie wie der Turm in der Schlacht, stets mit gleichen Gesichtsausdruck, wenn über sie geredet wurde. Sie und Justizminister Buschmann hielten treu zu Lindner, als dieser die Regierung verlassen musste. Ich bin der festen Ansicht, dass sie den Abschied mit Freude und Erleichterung aufnahm. Wer würde es ihr verdenken. Drei Jahre im Ministerium, noch dazu an der Spitze, ohne von den Inhalten, die in diesem hohen Haus verhandelt, beschlossen und finanziert werden, kaum je etwas verstanden zu haben! Das muss und darf ich ihren jeweiligen Verlautbarungen entnehmen. Ich glaube, sei war ganz einfach erleichtert. Nie wieder, wird sie in sich hinein gesagt haben. Erleichtert wohl auch deshalb, weil sie weiteren Unannehmlichkeiten fürs erste ausweichen kann. Fürs erste – denn die Fördergeldaffaire im Mai dieses Jahres ist noch nicht ausgestanden. Dass ausgerechnet der wortgewaltige Landwirtschaftsminister Özdemir die Leitung des Ministeriums kommissarisch übernommen hat, zeigt, welch geringe Bedeutung diesem, für unsere Zukunft enorm wichtigen Ministerium zugestanden wird.

Zu allseitiger Verblüffung ist Verkehrsminister Volker Wissing aus der Reihe getanzt. Er hat Scholz die Treue gehalten und ist aus der FDP ausgetreten. Ein schwerer Schlag für Lindner, ein Triumph für Scholz. Wissing vertritt jetzt auch das Justizministerium. Vielleicht ist er dort besser positioniert, er gilt als erfahrener Jurist. Im Verkehr und beim Digitalen ist ihm wenig bis gar nichts gelungen. Er hat am uneingeschränkten Tempo auf Autobahnen festgehalten, und das neue Klimaschutzgesetz bleibt weit hinter dem zurück, was für das Erreichen der Klimaschutzziele erforderlich wäre. Die Liste seiner Versäumnisse ist so lang, dass es nur einer Zeitung wie dem Spiegel gelingen konnte, sie alle aufzuzählen (Kolumne von Christian Stöcker vom 21.7.24). Günstlingswirtschaft, ein bekanntes Problem in der Verwaltung, war im Verkehrsministerium offenbar besonders eklatant. Sie gab es auch im Wirtschafts- und Bildungsministerium. Das erste, was neue Minister tun, ist Freunde ins Haus zu holen und sie auf die lukrativen Staatssekretär- und Abteilungsleiterposten zu hieven. Das ist mir aus meiner Zeit im Ministerium wohl bekannt.

Das Volk, so sagen es die Umfragen seit Monaten, weint der Ampel-Koalition keine Träne nach. Mir geht es nicht anders. Zwei Ministerinnen würde ich in zukünftigen Regierungen dennoch gerne wiedersehen. Das sind Swenia Schulze von der Entwicklungshilfe und Lisa Paus vom Familienministerium. Frau Schulze, weil sie so fröhlich ist und ihre Ansichten und Pläne verständlich und mit klarer Stimme vertritt; und Frau Paus, weil sie zu keinem Augenblick aufgegeben hat, obwohl ihre Aktionen von wenig Erfolg gekrönt waren. Vielleicht würde ich noch Karl Lauterbach einen Platz in der nächsten Regierung anbieten. Nicht weil ich ihn mag. Sondern einzig und allein deshalb, weil er, im Gegensatz zu den meisten anderen, ein gewisses Fachwissen mitbringt.

Aber leider muss ich ich feststellen, dass es nicht nach mir geht, meine Wünsche, kaum ausgesprochen, im allgemeinen Sprach- und Schreibgewirr untergehen.

Die Repräsentantinnen der FDP

Unlängst hatte die streitbare Frau Wagenknecht die Grünen als die gefährlichste Partei im Parlament ausgemacht. Sie hatte die FDP übersehen – die Anwältin der „leisure class", wo sich das Geld in den Händen von wenigen Leuten unverdient vermehrt.

Jetzt hat sich die FDP neu erfunden. Sie gebärdet sich militaristischer als die Grünen, was etwas heißt, wenn ich mir den Auftritt der grünen Phalanx vergegenwärtige. Angeführt und angefeuert wird die FDP von der heroischen Vorsitzenden des Verteidigungsausschusses, Frau Strack-Zimmermann. Tag für Tag, Woche um Woche, landauf, landab drängt sie auf umfassende Ausrüstung und Unterstützung der ukrainischen Militäreinheiten. Ist die eine Forderung von der Regierung erfüllt, kommt postwendend die nächste. Die Folge: Strack-Z. ist jetzt Deutschlands oberste Expertin in Sachen Militärtaktik und kriegerischem Gerät. Sie kennt sich besser aus als die vielen anderen militärischen Experten, die (ähnlich wie die Virologen) neuerdings wie Pilze aus dem Boden schießen. Sie erklärt in den Fernseh-Sprechrunden die Funktion und Wucht der tückischen Waffen, mit denen heutzutage Krieg geführt wird. Natürlich hält sie auch engen Schulterschluss (siehe *LobbyControl*) mit der Waffenindustrie. Was wäre, wenn nicht Mütterchen Lambrecht, unsere ins Abseits beförderte Verteidigungsministerin, sondern Strack-Z., die rüstige Zweiundsechzig-jährige und Kommandantin auf Abruf, der Bundeswehr voranstehen würde? Sie hätte die Wehr zu einer Armee gemacht, vor der sich andere fürchten müssten. Hätte diese womöglich sogar bis vor die Tore von Moskau dirigiert und wäre höchstpersönlich in vorderster Linie vorgeprescht, um den russischen Präsidenten ausfindig zu machen, der sich vor ihrem Zugriff versteckt hätte. Kanzler Scholz hätte erneut Führungsstärke aufbieten müssen, um sie zurück nach Deutschland zu ordern; und das nur unter der verbindlichen Zusage, dass sie hinfort in Lanzens Sprechrunde, der sie offenbar ins Herz geschlossen hat, dessen ständige Adjutantin sein werde.

Ähnlich beeindruckendes Wissen wie das von Strack-Z. muss sich Frau Stark-Watzinger erst noch erarbeiten. Bisher eher unsichtbar, hat sie sich unlängst mit einem furiosen Auftritt im Fernsehen bekannt gemacht. Stark-W. leitet das Ministerium für Bildung und Forschung – übrigens eine gigantische Behörde, mit Sitz in Berlin und Bonn, der außer der Ministerin noch vier(!) Staatssekretäre (davon zwei beamtet), zwei oder mehr Beauftragte und mehr als tausend Beschäftigte (darunter zahllose Dirigenten und Dirigentinnen, Räte und Rätinnen, Direktoren und Direktorinnen) angehören.

Stark-Watzinger redete im Fernsehen anlässlich des „Durchbruchs" in der Fusionsforschung, die in den USA mit großer Hellsicht zu der beeindruckendsten wissenschaftlichen Leistung des Jahrhunderts befördert wurde. Frau Ministerin wollte dem nicht nachstehen, nannte den Tag einen historischen für die Energieversorgung, welche „die Sonne auf die Erde holen kann". Sie verkündete das mit einem steten, milden Lächeln in zurückhaltend dekoriertem Gesicht, postierte sich mit dem Ausdruck absoluter Seriosität; den Eindruck wohliger Wärme verbreitend, mithin jene vorwegnehmend, die von der zukunftsträchtigen Sonnen-Technik verbreitet werden wird. Es war vom Feinsten. Nur gut, dass nicht nachgefragt wurde; es wäre zu befürchten gewesen, dass sie Fusion (Verschmelzung) mit Fission (Spaltung) verwechselt hätte. Im Ernst: gab es je eine Forschungsministerin, die von der Forschung, um die es im Ministerium doch geht, so wenig verstanden hat?

Die andere Aufgabe der Ministerin rückt inzwischen in den Fokus: ihre Verantwortung für die soziale Lage der Studierenden. Denen wurde schon im September 2022 als Ausgleich für die gestiegenen Energiepreise die enorme Summe von 200 € versprochen. Frau Stark-W. sah die Auszahlung kürzlich (Stand Februar 2023) auf der „Zielgeraden". Eine Gerade anstelle eines Zeitpunktes: eine verblüffende Verschlüsselung!

Zwei Frauen: die eine bissige Verfechterin des Militärischen, die andere dezente Verkünderin von Bildung und Forschung. Beide in der FDP, die nach dem Motto „freie Fahrt für freie Bürger" agiert.

Sein oder Nichtsein

Deutschland blickt gebannt auf den Krieg in der Ukraine. Zwei Positionen, mit **A** und **B** gekennzeichnet, stehen sich gegenüber.
A: Die Ukraine muss gewinnen. Die Ukraine gehört zu uns. Deshalb so viele Waffen wie nötig liefern. Verhandlungen nur dann, wenn die Ukraine in einer vorteilhaften Position ist, am besten, wenn sie Russland mit Hilfe der modernen überlegenen Waffen des Westens niedergerungen hat.
B: Sterben und Morden in der Ukraine müssen beendet werden. Dem Land droht die komplette Zerstörung. Eine atomare Eskalation ist nach wie vor nicht ausgeschlossen. Deshalb Waffenstillstand jetzt. Ziel muss sein, der Ukraine vertraglich größtmögliche Sicherheit zu garantieren.

Auffassung **A** wird von den Meinungsmachern, also insbesondere Regierung, „bürgerlichen" Parteien und den Medien, sowie (laut Umfragen) einer knappen Mehrheit der Bevölkerung vertreten.

Die Sympathisanten von **B** sind schwer zu klassifizieren; ein Teil davon hat jetzt erstmals in Berlin Ende Februar für „Frieden und Gerechtigkeit" demonstriert.

Ich vertrete „reinen Herzens" Position **B**, weil Sterben und Opfer vor allem junger Menschen, auf beiden Seiten, die doch ein ganzes Leben vor sich haben sollten, ein Ende gesetzt werden muss. Sofort und unwiderruflich. Gleichwohl gebe ich zu, dass **A** die Emotionen und Wünsche der gepeinigten Ukrainischen Bevölkerung eher anspricht, insofern also eine Position ist, die respektiert werden muss.

Dabei beschäftigt mich die Frage: Wie geht in Deutschland die Mehrheit (**A**) mit der Minderheit (**B**) um?

Es ist das aus der Vergangenheit (Abrüstung, Kernkraft, Studentenrevolte, Notstandsgesetze etc.) bekannte Muster: wer nicht für uns ist, ist gegen uns und muss mit allen (gesetzlich zulässigen) Mitteln bekämpft werden. Diejenigen, die sich für sofortigen Waffenstillstand einsetzen, werden von den milder Gestimmten als naiv eingestuft, von den Aufgebrachten als fehlgeleitet, unwissend, bei Gelegenheit sogar als zynisch und unmenschlich bezeichnet; gemeinsam sind sie der Ansicht, dass **B** von rechts- und linksradikalen Populisten beherrscht wird, die im „Schulterschluss" die Ukraine den Russen ausliefern wollen.

Besonders auffällig, weil einstimmig, sind Presse und Fernsehen. Die täglich vom DLF zusammengestellten Pressestimmen gleichen sich wie ein Ei dem anderen. Ähnlich verhält es sich mit dem Fernsehen. **A** wird vorbehaltlos unterstützt und wieder und wieder verbreitet, verstärkt durch die Forderung nach Übergabe noch „schwererer" Waffen, oder schnelle Aufnahme der Ukraine in EU und NATO, während **B** bestenfalls in den Umfrage-Ergebnissen zum Zuge kommt. Zwei Sendungen tun sich da besonders hervor; die von *Lanz* im ZDF und *Hart aber fair* im ARD.

Bei *Lanz im Zweiten* ist *Lanz* der Mittelpunkt. Er will, den Arm mit Zeigefinger nach vorne gestreckt, „einen Punkt machen", oder eine ihm unliebsame These „abräumen" oder „das so nicht stehen lassen". Dafür bekommt er Unterstützung von seinen Adjutanten, die mal links, mal rechts vom „enfant terrrible" postiert sind. Sie werden aufgerufen, wenn es eng wird für die Botschaft, die am Ende rauskommen soll. Heute sind es Politik-Wissenschaftlerinnen und Nah-Ost-Expertinnen, die des Meisters Meinung mit schnellem Wort unterfüttern. Gestern waren es die Virologen. Heute sind es also diese, die sagen, wie man über den Krieg als guter Mensch von Deutschland zu denken hat. Schützenhilfe erhalten sie vom zugeschalteten Militär, darunter sowohl dienende als auch ausgediente.

Ähnlich bei *Hart aber fair*. Im „Schulterschluss" mit dem Moderator sollen im Nachgang zur Berliner Demonstration Ende Februar die dort vorgetragenen Parolen auseinandergenommen und als unhaltbar, falsch, sogar menschenverachtend gebrandmarkt werden. Dieses Ziel wird am derbsten und lautesten von den Frauen aus FDP und Grünen verfolgt; während die Männer, Journalist der eine und Professor der andere, in ungezügelter Eitelkeit, sich eher selten mit beschwörend schwerfälligen Sätzen einbringen. Allein, es gibt Hoffnung: je länger der Krieg dauert, desto stärker wird der Wunsch der Bevölkerung nach Frieden. Wohl auch, weil befürchtet wird, dass die finanziellen Folgen des Krieges, welche Deutschland zu stemmen hat, den Wohlstand des Volkes bedrohen könnten. Erste Anzeichen habe ich in der Sprechrunde bei *Anne Will* entdeckt. So werden die klugen Vorschläge des einstigen außenpolitischen Sprechers der Linken zur Beendigung des Krieges nicht sofort diskreditiert, sondern eher mit skeptischer Gelassenheit zur Kenntnis genommen. Die ausschweifenden Gegenreden aus der A-Gruppe verfehlen die erhoffte Wirkung, denn sie wiederholen nur die bekannten Positionen.

Fazit: Fair geführte Diskussionen in Zeitungen und Fernsehen sind vonnöten, wo Befürworter der einen wie der anderen Auffassung gleichberechtigt zu Wort kommen. Das wäre demokratische Meinungsbildung. Frieden und Freiheit für die Ukraine werden das Ziel sein, das nicht mit Waffen, sondern nur mit vermutlich sehr zähen Verhandlungen zu erreichen sein wird. Das wissen natürlich auch die Regierenden und werden über kurz oder lang umschwenken. Das wäre dann die wahre „Zeitenwende".

Weiter so?

Wenn Bauern im Mittelalter zum Müller gingen, dass er ihr Korn mahle, galt die Losung, so die Überlieferung: „Wer zuerst kommt, mahlt zuerst". Alle, die später kamen, egal ob Herr oder Knecht, mussten sich hinten anstellen. Das konnte Konsequenzen haben, denn „Wer zu spät kommt, den bestraft das Leben".

Die eiserne Regel des „Immer der Reihe nach" gilt auch heute noch. Einkommen, Geschlecht, Herkunft oder soziale Stellung bringen die Reihung nicht durcheinander. Umso wichtiger ist es folglich, der erste zu sein, ob an der Kasse des Einkaufszentrums, der Getränke- oder Essensausgabe, beim Run auf den noch freien Sitzplatz im überfüllten Zug, beim Einfädeln in die freie Fahrspur, bei der Anmeldung in der Klinik oder beim Schnapp nach dem Billigangebot.

In Anwendung dieser Regel kann es zu zahlreichen Konflikten kommen. Ich erinnere mich an die Zeit, als auch ich noch Skilifte benutzte, mit denen ich mühelos erhebliche Höhenunterschiede überwinden konnte. Natürlich hatten auch andere diese Absicht. Wenn ein Lift geschlossen wurde, weil die Mittagszeit nahte oder irgendein Defekt die Anlage wieder einmal zum Stehen gebrach hatte, rannten die Wartenden zu der anderen, funktionierenden Anlage. Auch dort ging es wieder darum, ganz vorne in der Reihe zu stehen. Deshalb wurde gedrückt, gedrängelt und geschubst, geflucht und beschimpft, getreten und gedroht, und nicht selten wurde die Reihenfolge im Sinne der Robusteren neu gesetzt. Denn wer zuerst kommt, mahlt zuerst. So wird aus einer guten Regel eine schlechte: es erobern den ersten Platz die Schnelleren und Stärkeren.

Die Angelegenheit gewann eine besondere Bedeutung im Kontext der Corona-Pandemie. Das eherne Prinzip „Immer der Reihe nach" gilt auch, wenn es um die Impftermine geht. Diese waren im Nu vergeben; schnell und ausdauernd sein, das war die Devise. Großeltern aktivierten ihre mit digitaler Kompetenz ausgestatteten Enkel, die die Nacht durchwachen mussten, um den begehrten Termin zu ergattern, der vor dem Schlimmsten bewahren sollte. Um den heißen Wettbewerb ein wenig abzukühlen, die Drängler und Raffkes zurückzuhalten, erfanden die Gesundheitsministerien der Länder die *Priorisierung*. Die über 70-jährigen sollten bevorzugt behandelt werden. Das funktionierte nicht, denn plötzlich waren alle über siebzig. Die Situation verschärfte sich, als man auch den über 60-jährigen den Vortritt gönnte. So kletterte die Zahl der Wettbewerber und – innen innerhalb von zwei Monaten auf etwa 22 Millionen Menschen. Außerdem waren von heute auf morgen fünf bis sechs Millionen Menschen mit gesellschaftlichem Sonderstellungsmerkmal zu berücksichtigen. Die Reihe hatte also gewaltige Ausmaße.Und weiterhin galt das oben benannte Prinzip. Da konnten diejenigen, denen eine gewisse Zurückhaltung zu eigen ist, angesichts der Aussichtslosigkeit des Unterfangens schon mal trübsinnig werden. Das den Jägern zugeschriebene Sprichwort „den Letzten beißen die Hunde" wurde so zu einer erschreckenden Realität. Doch damit nicht genug: diese Bedauernswerten verspürten nicht selten ein persönliches Versagen, wenn es hieß, ein Drittel der Bevölkerung hätte die erste Impfung bereits empfangen und würden jetzt für die zweite, neunundneunzig Prozent lebensrettende eingeschrieben.

Man sah Leute aus diesem Drittel, die immer und überall die ersten in der Reihe sind, wie sie nach erfolgter zweiter Impfung triumphierend den angestochenen Arm in die Höhe reckten, wohl auch um zu demonstrieren, dass man die Schlacht um den Impfstoff gewonnen habe.

An sich hätte die Angelegenheit ein Triumph der vielzitierten Digitalisierung sein können. Doch die ging richtig in die Hose. Endete doch ein- ums andere Mal die Suche erfolglos, weil sich das Programm an einem unerwarteten Fehler festbiss, oder die um eine Impfung Nachsuchenden in einen ominösen virtuellen Warteraum verschickte. Alles in allem handelt es sich bei der Impfkampagne in Deutschland also um ein überraschend komplettes Desaster.

Neuerdings wird schon von Impf-Auffrischungen für den Herbst geredet, da die Immunisierung der zurzeit verabreichten Impfungen offenbar nur ein halbes Jahr vorhält. Dann soll der neue Impfstoff, so die Verlautbarung der Hersteller, auch gegen die bislang bekannten Virus-Mutationen wirken. Grund genug, jetzt Pläne für die zukünftige Organisation der Impfung zu entwerfen. So könnte es laufen.

Die altersgemäße Einteilung bleibt bestehen; Gruppe I die über 80-jährigen, dann Gruppe II mit den über 70-jährigen, Gruppe III mit den über 60-jährigen, schließlich die Gruppe IV für alle anderen. In die jeweiligen Gruppen einbaut ist das Ausmaß der Exposition; die Verwundbarsten in die erste Gruppe und so weiter. Die Jüngsten von 0-15 Jahren werden angesichts ihrer nicht geklärten Rolle in der Pandemie zunächst nicht berücksichtigt. Die Impffolge in den jeweiligen Gruppen wird wiederum allein durch das Alter bestimmt; also älter vor jünger. Die Geburtsdaten der Bevölkerung sind in den jeweiligen Gemeindeverwaltungen vorhanden. Impftermin und -Ort werden – wie bei den Wahlen zum Bundestag – der Bevölkerung zugeschickt. Geimpft wird, wie bisher, in den Impfzentren und Hausarztpraxen des jeweiligen Kreises. Die gesamte Organisation, inklusive Feinjustierung, wie zum Beispiel die Berücksichtigung von knappem Impfstoff, Terminabsagen oder Terminverschiebungen lässt sich von Computerprogrammen und geschultem Personal bewerkstelligen. Mit Hilfe dieser oder ähnlicher topdown Verfahren würde das Prinzip „wer zuerst kommt, mahlt zuerst" durch eine nach Alter und Bedürftigkeit geordnete Reihenfolge ersetzt werden.

Bürgerbeteiligung

Um die Jahrtausendwende entwickelte sich in NRW zunehmend das Bedürfnis, die Entwicklung der Gemeinden nicht allein den Gemeinderäten zu überlassen, sondern auch die Einwohnerschaft mit einzubeziehen. Also mussten Konzepte her, wie das zu bewerkstelligen sei. In Bad Honnef, dem Städtchen am rechten Rheinufer, nah bei Bonn gelegen, wurde von Bürgermeister und Stadtrat das Zukunftskonzept Bad Honnef 2010 ins Leben gerufen.

Die Idee: Bürgerinnen und Bürger formulieren Visionen für ihre Stadt, setzen Eckdaten für eine nachhaltige Entwicklung und geben Leitlinien vor, die für die Neugestaltung des kommunalen Zusammenlebens auf der Basis von Offenheit, Transparenz und Integrität werben. In der Verknüpfung von Geschichte, Gegenwart und Zukunft Bad Honnefs, soll das Leitbild den Weg zu einer modernen und leistungsfähigen Kommune weisen. Anknüpfungspunkte sind geografische, historische, wirtschaftliche, demographische, soziale, kulturelle sowie politische Aspekte des Stadtlebens. Es wurden Arbeitsgruppen gebildet. Eine davon nannte sich Information, Entscheidung, Mitbestimmung. Wir waren zu viert, zwei Männer, zwei Frauen, im Alter zwischen vierzig und fünfzig. Wir haben uns unzählige Male getroffen, beraten und schließlich Mitte 2003 die folgenden Thesen aufgeschrieben.

Bad Honnefer Leitbild

These 1: Die Arbeit von Politik und Verwaltung ist für die Bürger weitgehend undurchsichtig. Wir erwarten: Vollständige Dokumentation der kommunalen Entscheidungsprozesse, lückenlose Darstellung der jeweiligen Interessenlagen!

These 2: Wir sind beunruhigt, sollten sich auch in Bad Honnef private, wirtschaftliche und politische Interessen verflechten. Wir erwarten uneingeschränkte Verantwortung der Entscheidungsträger; Integrität als Messlatte für Rat und Verwaltung!

These 3: Viele Bürger kritisieren die geringen Möglichkeiten der Mitwirkung bei Entscheidungen von Belang. Wir verlangen deshalb, die Bürgerbeteiligung durch Bürgeranhörung und Bürgerbegehren zu intensivieren, mittelfristig durch Bürgerräte zu konkretisieren!

These 4: Misstrauen und Gleichgültigkeit prägen die Kultur des Miteinanders in Bad Honnef. Wir halten dagegen und ermutigen zu ehrenamtlichem Engagement, Betätigung in Vereinen, Gründung von Initiativen, Räume für offen geführte Debatten, Überwindung der Sprachlosigkeit!

These 5: Wächst zusammen, was zusammengehört? „Nicht bei uns", sagen die Bergdörfer, vorneweg Aegidienberg. „Im Gegenteil! Wir fordern Selbständigkeit und Unabhängigkeit für unsere Teilgemeinden!"

These 6: Der Raum Bonn ist durch Internationalität und Toleranz geprägt. Bad Honnef gerät ins Abseits, wenn es nicht mehr für seine Minderheiten tut. Deshalb.: helfen wir! Begegnen wir den zugewanderten ausländischen Mitbürgern und Mitbürgerinnen mit Betreuung, Beratung und Sprachvermittlung!

Im Nachgang zu den Thesen hatten wir uns eine „Verlebendigung" der Thesen in Form eines Bürgertheaters ausgedacht:

Bad Honnefer Bürgertheater

Spätestens im Juni 2003 wird der Vorhang zum Honnefer *Bürgertheater* aufgehen. Im Kurhaus soll auf einer unterhaltsamen Großveranstaltung mit etwa dreihundert Bürgerinnen und Bürgern in entspannter Atmosphäre an Bad Honnefs Zukunft gearbeitet werden. Wir als eine von mehreren Gruppen des kommunalen Arbeitskreises, präsentieren dort unsere Ideen und bitten dazu um Ihre Aufmerksamkeit.

Die Veranstaltung soll ein *social-event* der Spitzenklasse werden. Diese soll, nach dem Muster selbstorganisierender Kommunikationsforen aus Industrie und Dienstleistung, in Struktur und Ablauf einem Theater ähneln. Regie führt der kommunale Arbeitskreis, und die Bürger bringen in Form von Rollen- und ähnlichen Spielen ihre Vorstellungen zum Ausdruck.

Das mehrstündige Spiel wird sich zu einer gleichermaßen anspruchsvollen wie unterhaltsamen Veranstaltung entwickeln. Zum Abschluss soll - nach einem kleinen Imbiss - ein prächtiges Bürgerfest gefeiert werden. Musik und kabarettistische Einlagen werden es zu einem nachhaltigen Ereignis machen.

Wie gehen wir vor? Unser besonderes Anliegen ist die Verbesserung der

Kommunikation zwischen Bürgern, Politik und Verwaltung. Dazu gehört: Information über alles, was die Stadt betrifft, sowie großräumige Transparenz der entscheidungs- und meinungsbildenden Prozesse. Dem soll ein vierstufiges Verfahren Rechnung tragen. Es besteht aus (1) Analyse des Ist-Zustandes, (2) Entwicklung von Zielvorstellungen, (3) Prüfung der Zielvorstellungen und (4) Verdichtung von (1)-(3) zu einem Leitbild.

Was kommt danach?

Der Ablauf des Bürgertheaters wird von uns aufgezeichnet. Dabei stehen unsere Beobachtungen im Mittelpunkt. Sie werden durch Videoaufnahmen, Fotos sowie einzelne Interviews zugleich objektiviert wie komplettiert. Die Auswertung solcher heterogener Daten ist eine Anforderung eigener Problematik. Wir werden die Daten nach den Regeln der Kunst, soll heißen Psychologie und Statistik interpretieren.

Das Ergebnis all dieser Bemühungen sollte ein Modell sei, das unser Leitbild repräsentiert. Wie dieses im Einzelnen aussieht, ist allerdings schwer vorherzusagen. Überraschungen sind nicht ausgeschlossen. Das genau erhöht den Reiz der Veranstaltung und bürgt für Qualität und Authentizität.

Wie unterstützen Sie unsere Idee? Liebe Geschäftsleute! Jetzt sind Sie an der Reihe. Sie können beweisen, dass Ihnen Bad Honnef lieb und teuer ist. Wie? Ganz einfach: Sie machen uns eine Spende, und ermöglichen uns die Durchführung der geplanten Veranstaltung! Vieles wird von uns unentgeltlich in Eigenarbeit erbracht, dennoch verbleiben etwa 10.000 Euro für Öffentlichkeitsarbeit, Saalmiete, Imbiss und Musik, die mit Ihrer Hilfe finanziert werden können.

Für Ihre Spende bedanken wir uns: Wir geben Ihnen die Möglichkeit, auf unserer Veranstaltung Ihre Geschäftsidee angemessen zu platzieren. Sie werden mehrere Hundert Bürgerinnen und Bürger auf einmal erreichen – mehr als jemals sonst im Honnefer Alltag. Deshalb: Zeigen Sie Herz und Verstand, und beteiligen Sie sich an der Finanzierung des Bad Honnefer Bürgertheaters!

So schön! Dem Bürgermeister war es zu schön, den Gemeinderäten, deren Vorfahren seit Jahrhunderten in Bad Honnef ansässig, zu anspruchsvoll, und die Geschäftsleute versprachen sich keine Extraprofite, weil, wie sie sagten, die Leute nur kommen, wenn sie konsumieren, aber nicht doch, wenn sie aufgefordert werden, auch zu produzieren. Das Zukunftskonzept Bad Honnef 2010 reduzierte sich schlussendlich auf einige bleierne Sätze und wanderte, so mein Wissensstand, in die Schublade der Verwaltung und ward daraus nicht wieder hervorgeholt. Ich habe die Geschicke dieser schön gelegenen Kleinstadt am Rhein dann nicht weiter verfolgt, da es mich in den Süden der Republik gezogen hat. Wer weiß – vielleicht haben zumindest die Thesen unter anderem Namen ihre Wiederauferstehung gefeiert.

Denkschriften

Über Plagiate und Doktoranden
Das gute Leben der Professoren
Wider den Dilettantismus
Über die Informationsgesellschaft
Ein Hoch auf die Verbundforschung

An den Universitäten sind es Doktoranden und Professoren, in männlicher und weiblicher Gestalt, die forschen und lehren. Eine eher oberflächliche Recherche ergibt folgende (gerundete) Zahlen: 2023 werden 205.000 Doktoranden (Studenten und Studentinnen, die mit einer Doktorarbeit beschäftigt sind) und 52.000 Professoren gezählt. 1970 gab es 1705 Doktortitel, 1993 bereits 6500 und 2023 gar 12300 (laut Datenportal des BMBF). Die Bevölkerung in Deutschland hat inzwischen die 84 Millionen geknackt, und davon soll laut Statistischem Bundesamt etwa 1.2% der Doktortitel schmücken. Und wenn schon, denn schon: 2020 gab es 1500 Habilitanden, die ihre Habilitation erfolgreich beendet haben, davon 1000 in Medizin (ein Schelm, wer Böses dabei denkt) und (mit zunehmender Tendenz) 538 Frauen!

Doktoranden

Im Jahr 2011 gab es Aufruhr unter der Ministerriege: Minister Guttenberg wurde von der Universität Bayreuth der vorsätzlichen Täuschung für schuldig befunden. Der Doktortitel wurde aberkannt.

Eine der ersten Doktorarbeiten, in der Plagiate nachgewiesen werden konnten, stammte vom FDP-Vorstandsmitglied Jorgos Chatzimarkakis. Nach langem Hin und Her bekannte er sich schuldig.

Zwei Jahre nach Guttenberg war dann Ministerin Annette Schavan an der Reihe. Die Universität Düsseldorf, trotz Einflussnahme hoher und höchster Kreise, blieb standhaft und sprach ihr den Titel ab. In Erinnerung bleibt, dass sie (damals als Bundesministerin für Bildung und Forschung) ihren Kollegen Guttenberg ob seiner Verfehlungen heftig gescholten hatte.

Frau von der Leyen hatte mehr Glück. Ihr wurden Fehler, aber kein Fehlverhalten nachgewiesen. Vorab hatte die Kanzlerin der Freundin vorsorglich den Rücken gestärkt. Auch von der Leyens permanentes Smile-up dürfte nicht ohne Wirkung geblieben sein.

Nicht unerwähnt bleiben darf die damalige Familienministerin Franziska Giffey. Auch in ihrer Doktorarbeit fand man Plagiate. Sie kam mit einer Rüge durch die Freie Universität Berlin davon, durfte also zunächst ihren Titel behalten. Immerhin hatte das monatelange Verfahren wohl dazu beigetragen, dass Giffey auf eine Bewerbung um den Parteivorsitz verzichtete. Es sprach viel dafür, dass sie zusammen mit Minister Scholz den Vorsitz gewonnen und so der SPD zehn Punkte an allgemeiner Zustimmung gebracht hätte. Bekanntlich wurde die Angelegenheit später erneut verhandelt. Das Tauziehen hatte ein unrühmliches Ende. Alle Fürsprachen blieben erfolglos: Giffey musste den Titel unwiderruflich abgeben. Nichts für ungut – Berliner Bürgermeisterin wurde sie dennoch und danach an gleichem Ort Senatorin.

2023 wurden 15 Prominente gezählt, die bis dahin ihren Doktortitel wegen unlauterer Methoden abgeben mussten.

Ausgelöst wurden die Aberkennungen durch Einsatz automatisierter Verfahren wie VroniPlag Wiki (`https://vroniplag.fandom.com/de/wiki/Home`) und deren Nachfolger (GuttenPlag Wiki, Schavanplag).

Die Plag-Ermittler hatten vornehmlich Prominente im Visier. Das erzeugte Unmut. Denn so blieb die vermutlich große Schar der namenlosen Fälscher unbehelligt. Überdies hatte man sich schon mit den Wenigen übernommen. Abschreiberei nachzuweisen, ist trotz vortrefflicher Werkzeuge eine mühselige Angelegenheit.

Bei den Beanstandungen handelte es sich um die wörtliche Übernahme fremder Texte, ohne dass diese (der guten Praxis entsprechend) gekennzeichnet wurden. So konnte beim unkundigen Leser der Eindruck entstehen, die beanstandeten Passagen seien vom Autor höchstpersönlich erfunden worden.

Um Plagiate zu identifizieren, wird die zu untersuchende Arbeit mit Texten verglichen, die in umfänglichen Datenbanken gespeichert sind. Beim Vergleich unterstützen Verfahren der Künstlichen Intelligenz. Ergeben sich Übereinstimmungen, wird geprüft, ob die beanstandete Textstelle durch Verweis auf ihre Herkunft markiert ist. Sollte das nicht der Fall sein, fehlt also der Hinweis auf fremde Urheberschaft, muss von geistigem Diebstahl ausgegangen werden. Der Abschnitt wird in die Liste der beanstandeten Textstellen eingefügt. Die Liste wird der Universität zur weiteren Behandlung überreicht.

Inzwischen kann Plagiats-Software gekauft werden. Das könnte zur Folge haben, dass die Anzahl gefälschter Arbeiten, die den Master, Doktor oder Habil zum Ziel haben, rapide abnimmt. Mitunter bieten sogar Hochschulen die von ihr verwendete Prüf-Software an, so dass sich die Prüflinge vor Abgabe der Schrift einer kompletten Selbst-Reinigung unterziehen können. Dabei ist zu beachten, dass die Effektivität der Detektivarbeit von der Güte der Software und der jeweils verfügbaren Datenbanken abhängt. Welche Folgerungen ergeben sich?

I. Die aktuelle Inflation der Doktorarbeiten veranlasst zu der Vermutung, dass in diesen Arbeiten Bekanntes und allzu Bekanntes auf viel zu vielen Seiten serviert wird. Neues in diesen Arbeiten (die in der Regel kaum jemand liest) muss oft mit der Lupe gesucht werden. Für diejenigen, die über ihren weiteren beruflichen Werdegang im Unklaren sind, werden Doktorarbeiten zum Beschäftigungsprogramm.

II. Das gilt im besonderen für Arbeiten aus den Gesellschaftswissenschaften. Ist man zum Beispiel mit einem Thema aus der Politik beschäftigt, kann eine Doktorarbeit – angesichts ungünstiger Stellensituation – die zu erwartende Arbeitslosigkeit um einige Jahre in die Zukunft verschieben. Und generell gilt: Für die meisten ist es schlicht und einfach der Titel, der erworben werden will, um in der Industrie, Politik oder Verwaltung bessere Startbedingungen, höheres Einkommen und gesteigertes Ansehen zu erwerben. Und genau dann kommt, oft mangels eigener Befähigung, die Fälschung ins Spiel. Doch lohnt sie sich? Ist das Risiko, entdeckt zu werden, inzwischen nicht doch zu hoch? Der landauf, landab geschmähte Guttenberg sollte zu denken geben. Die Doktoranden/innen ersparen sich

Kummer und Mühe, wenn sie geradlinig den Posten in Politik, Verwaltung und Wirtschaft ansteuern. Ohne den unsicheren Umweg über den Doktorhut.

III. An der Misere sind die Betreuer der Doktorarbeiten nicht unschuldig. Es sind die Doktorväter, neuerdings wohl auch Doktormütter (in der Regel im Rang eines Professors), denen auferlegt ist, die Arbeiten ihrer Aspiranten nach Wissen und Gewissen zu prüfen. Insbesondere müssen sie herausfinden, was das geforderte, sogenannte „Neue" der Arbeit ist. Das setzt eine ziemlich komplette Übersicht über schon vorhandenen Arbeiten voraus. Diese ist aber offenbar keineswegs immer vorhanden. Außerdem ist die betreuende Person angesichts der hoch-speziellen Themenstellung meist gar nicht in der Lage, die Originalität der Arbeit zu bewerten.

IV. Abhilfe könnte geschaffen werden, indem man die Arbeit den jeweiligen Spezialisten zuführt, wie das bei Habilitationsschriften wohl die Regel ist. Das aber liegt nicht immer im Interesse der Doktorväter. Erliegt er doch selbst bisweilen der Abschreiberei. Da der größere Teil der Professoren, insbesondere naturgemäß diejenigen, die nahe an oder über der Pensionsgrenze liegen, nicht gerade von einem Überfluss der Ideen geplagt wird, nicht selten auch um eine gängige Formulierung verlegen ist, kopiert der Doktorvater gerne mal, was seine Diplomanden, Doktoranden oder Mitarbeiter produziert haben. Mitunter auch, und das ist bewiesen, aus bereits publizierten Artikeln der Fachkollegen. Oder noch einfacher, er lässt schreiben und setzt seinen Namen auf die Liste der Autoren, und wenn sein Name zufällig mit A anfängt, dann auch vereinbarungsgemäß an den Anfang, selbst wenn er, was den Umfang seines Beitrages betrifft, ans Ende gesetzt oder überhaupt gestrichen gehörte. Das ist der allgemein akzeptierte, alltägliche Schwindel im Wissenschaftsbetrieb. Man könnte ihn für bedeutender halten, als die Aneignung fremder Textstellen.

V. Der planmäßige Ideenklau und das Kopieren von bereits veröffentlichtem Text ist bei Textbasierten Arbeiten mit Hilfe der bekannten Software mit hoher Wahrscheinlichkeit nachweisbar. Nicht oder nur schwer erkennbar ist, wenn Ghostwriter oder Künstliche Intelligenz in Anspruch genommen werden. Um diese zu identifizieren, ist eine sehr gute Kenntnis der tatsächlichen Fähigkeiten des Doktoranden vonnöten. Bei einem guten Doktorvater sollte diese vorhanden sein. Wenn es um Arbeiten aus den Naturwissenschaften geht, wo Daten, Modelle und Simulationen eingehen, wird die Prüfung nochmals schwieriger. Denn dafür gibt es (noch) keine Automaten. Die Ermittler müssten also selbst Hand anlegen, Ergebnisse nachrechnen oder Messungen wiederholen. Fälschungen und Betrug auf diesen Gebieten dürften somit weithin unerkannt bleiben, womöglich aber nicht weniger häufig auftreten als in den schon erwähnten Disziplinen. Angesichts all dieser, auch weniger bekannten Fakten erscheinen die Plagiate von Guttenberg und Kolleginnen weniger spektakulär, als die jeweilige mediale Aufregung vermuten lässt.

Professoren

Die Hochschulen gehören zu den wichtigsten Institutionen in Deutschland. Im Koalitionsvertrag von 2021 wird das Thema aber nur unzureichend abgebildet. In Aussicht gestellte Veränderungen begnügen sich mit unverbindlichen Korrekturen bei den Zeitverträgen. Vieles deutet darauf hin, dass man sich im Innenleben der Hochschulen nicht auskennt. Was auch daran liegt, dass davon wenig nach außen dringt.[1]
Schluss damit! Diesen Artikel habe ich geschrieben, um die Repräsentanten der Hochschulen, die Professoren, ins Licht der Öffentlichkeit zu rücken. Es geht um den typischen Professor, der in Deutschlands Universitäten lehrt und forscht.

Junior- Senior-
Honorar-
außerordentlicher, ordentlicher, außerplanmäßiger
Universitäts-
Stiftungs- Gast- Vertretungs- Sonder- Ehren-
emeritierter
zerstreuter

der deutsche Professor

Vorwort. Meine Darstellung basiert auf konkreten Erfahrungen. Ich habe etwa 190 deutsche Professoren kennengelernt. Die Zahl entspricht ungefähr 1.5% der Universitätsprofessoren der obersten Stufe. Genau 15 davon sind mir in meiner Studienzeit begegnet, mit etwa 55 hatte ich als Forscher und Angestellter in den Universitäten und Forschungsinstituten zu tun.

---

[1]Mit dieser Ausnahme. Siehe `https://www.uni-bonn.de/neues/205-2024`.

Geschätzt 120 waren meine „Kunden", als ich für das Wissenschaftsministerium in Nordrhein-Westfalen tätig war. Das Alter der Professoren lag zwischen 35 und 75 Jahre, der Median geschätzt bei 49 Jahre. Sie waren männlich, kamen mehrheitlich aus den naturwissenschaftlich-technischen Disziplinen und bekleideten überwiegend den obersten Rang in der Professorenhierarchie. Sie lehrten und forschten in den Universitäten sowie in Instituten der Max-Planck-Gesellschaft und anderen Einrichtungen der deutschen Forschungs- und Bildungslandschaft.

Mehr als ein halbes Menschenleben habe ich von ihnen gelernt, mit ihnen kooperiert, geforscht, diskutiert und gestritten und später, in anderer Funktion, viele davon in Forschungsverbünde integriert und mit Hilfe staatlicher Zuwendungen unterstützt. Ich habe Professoren angetroffen, die integer, klug und einfallsreich waren, über großes Wissen verfügten, den Mitarbeitern viel Freiheit einräumten, die zukunftsweisenden Themen ansprachen und große Ergebnisse erzielten... Aber es waren wenige, bezogen auf die ein hundertneunzig, nicht mehr als 4%. Im Nachhinein würde ich sagen: zu wenige.

Beim Schreiben dieses Artikels habe ich die Hundertneunzig in ihrer Gesamtheit vor Augen, und meiner Intuition folgend, typische Merkmale extrahiert. Das Typische oder Durchschnittliche ist eine Kunstfigur. Ob sie auch repräsentativ ist, könnte nur durch kluge Befragung und Auswertung nach den Regeln der sozialwissenschaftlichen Statistik ermittelt werden. Das wäre dann ein anderes Thema.

Unbestreitbar sind andererseits die gesetzlichen Regelungen, Vergünstigen und Berufungsverfahren, die im Text aufgerufen und kommentiert werden. Nicht dabei sind Fachhochschulen. Diese werden immer wichtiger. Ich kannte zu wenige Professoren, um eventuelle Unterschiede zwischen diesen und ihren Kollegen aus den Universitäten zu benennen.

Auch nicht dabei sind Professorinnen, die zu meiner Zeit in den Naturwissenschaften noch eher die Ausnahmen waren, aber heute in allen Bereichen deutlich zahlreicher vertreten sind. Einmal erwacht, ist es ja nicht unwahrscheinlich, dass Frauen in den Universitäten und Forschungseinrichtungen die Zukunft gehört. Dann müsste ein anderer Artikel geschrieben werden.

Vergünstigungen. Dem Professor in Deutschland geht es gut. Die Liste der verbrieften Privilegien ist lang: Der Professor lehrt und prüft und forscht, wie es ihm beliebt (Freiheit der Forschung und Lehre); er bestimmt Anfang und Ende seiner Arbeits- und Ferienzeit; er genießt den lebenslangen Kündigungsschutz des Beamten, erfreut sich einer großzügigen Pension, weiß sich im Krankheitsfall durch unverbrüchliche staatliche Beihilfe wohl versorgt, und ist häufig auf Dienstreisen unterwegs. Einmal Professor, immer Professor!

Der Professor ist mächtig. Er verausgabt (sofern clever genug) Millionen öffentlichen Geldes, berät die Politik, urteilt als „Sachverständiger" über Kollegen und deren Forschung, beeinflusst und dirigiert die Richtung und das Ausmaß der Forschung, fördert und vereitelt wissenschaftliche Karrieren.

Der Professor ist Arbeitgeber. Die Hochschule überlässt ihm de facto die Einstellung, Weiterbeschäftigung und Entlassung seiner Mitarbeiter. Die Räumlichkeiten werden vom Kanzler der Hochschule zugeteilt; die Anzahl und Ausstattung der Räume ist Gradmesser der Wertschätzung, die der Professor beim Kanzler genießt.

Der Professor ist Unternehmer. Die Umtriebigen unter ihnen machen sich selbständig – errichten durch „Ausgründung" ein Privatunternehmen, das mit staatlicher Finanzierung angeschoben wird.

Der Professor ist wohlhabend. Die Inhaber der höchsten Besoldungsstufe (W3, früher C4 bzw. H4) gehören zu den „Besserverdienenden" der Gesellschaft, erreichen mit einem durchschnittlichen Einkommen von etwa 100.000 Euro pro Jahr allerdings deutlich weniger als „niedergelassene" Ärzte. Mitunter wird aber auch das Mehrfache dieser Beträge mit der Leitung der Hochschule ausgehandelt, wovon ein Teil sogar ruhegehaltsfähig ist, also der regulären Professoren-Pension hinzugefügt wird.

Dem Professor eröffnen sich außerdem zahlreiche zusätzliche Einnahmequellen, sofern er der richtigen Fachrichtung angehört. Legendär sind die Einnahmen der Professoren der Medizin, die ihre Vermögen mit Hilfe der Einnahmen aus der Behandlung von Patienten, die eine private Krankenversicherung vorweisen können, ihr Gehalt vervielfachen dürfen. Auch Juristen, Ingenieure oder Wirtschaftswissenschaftler verdienen mit Gutachten erheblich mehr, als es ihre regulären Dienstbezüge ausweisen.

Der Professor ist ein Verlierer. Vor nicht allzu langer Zeit durfte der Lehrstuhlinhaber den Ruhestand ohne nennenswerte Gehaltskürzungen genießen. Das ist vorbei. Neuerdings ist er auch nicht mehr ein Professor Emeritus (Prof.em.), sondern ein Professor außer Diensten (Prof.a.D.). Sollte sich unter den Emeriti eine Frau befinden, darf sie sich Emerita nennen. Emeriti finden sich auch in den Kirchen; möglicherweise gibt es ja Zusammenhänge zwischen geistig (Universität) und geistlich (Kirche).

Der Professor reist gerne. Und wenn man schon die weite Reise in meist ausgewiesene Urlaubsorte unternommen hat, wird die Reise gern über das Dienstliche hinaus ausgedehnt. So wird das Dienstliche zum Privaten, und

das Private naheliegenderweise zum Dienstlichen erklärt.
Zusammengefasst: Angesichts des selbstbestimmten Lebens, das dem Professor, im Gegensatz zu dem überwiegenden Teil der Bevölkerung von Staats wegen ermöglicht wird, inklusive der zahlreichen Privilegien, die ihm garantiert werden, wundert es nicht, dass er sich einer der längsten Lebenserwartungen in Deutschland erfreut. Bei 84 Jahren soll sie inzwischen liegen. Wer glaubt, damit sei alles gesagt, der irrt. Die Merkwürdigkeiten und Besonderheiten des deutschen Professors sind zahlreicher, als die Öffentlichkeit vermuten würde.

Reputation. Der Professor ist eine Person von hohem Ansehen. Er genießt eine Art Unantastbarkeit, was damit zusammenhängen mag, dass er ein umfängliches Wissen besitzt, über das die Allgemeinheit nicht verfügt (was durchaus nicht ausschließt, dass er über Bereiche jenseits der eigenen Spezialität wenig oder gar nichts weiß). Der Professor wird befragt, wenn das Wetter Sprünge macht, der medizinische Eingriff gewisse Unwägbarkeiten mit sich bringt, der Finanzmarkt schwankt, das Virus sich über Gebühr ausbreitet, der Straßenverkehr wiederholt staut, das Völkerrecht interpretiert werden muss. Von dem Experten wird erwartet, dass er den Laien über Ursachen und Folgen solcher Ereignisse aufklärt; oder schwierige gesellschaftlicher Zusammenhänge zu interpretieren weiß. Kann er diese Erwartungen erfüllen? Die Kommentare der Experten wiederholen oft das, was man ohnehin weiß. Sie vermeiden Positionen, die Widerspruch herausfordern könnten. Ganz besonders deutlich wird das bei den sogenannten Wirtschaftsweisen. Sie sind Verfechter des liberalen Kapitalismus, mithin des unbegrenzten Wachstums, also weit entfernt von den Thesen, die zum Beispiele Nobelpreisgewinner Joe Stiglitz und andere vertreten. Gerne wird auch jedes x-beliebige extreme Wetterereignis der Erderwärmung angelastet, meist ohne Beweise anzuführen. Zu Zeiten der Pandemie war das etwas anders. Es gab Äußerungen von Experten, die auf einer anderen als der gängigen Meinung beharrten.

In diesem Zusammenhang ist es interessant, anzumerken, dass selbst das Kabarett, das Kanzlerin oder Kanzler mit Spott übergießt, bisher einen großen Bogen um die Professoren macht. Ein Grund mehr, geradewegs auf sie zuzulaufen.

Hierarchie. Der Professor ist ein Titel, der auf Lebenszeit vom Wissenschaftsministerium des jeweiligen Bundeslandes verliehen wird. Damit verbunden ist die Aufgabe, einen bestimmten Umfang an Lehre zu verrichten. Auch forschen soll er, aber was und in welchem Umfang, ist ihm freigestellt. Und in der Tat garantiert die im Grundgesetz garantierte Freiheit von Forschung und Lehre, dass er machen kann was er will. In der Praxis wird er, im Verlauf seiner Berufung, sich an Absprachen mit den Kollegen im Fachbereich halten, in denen bereits spezifische Forschungs- und Lehrschwerpunkte etabliert sind.

Professoren gibt es – wie schon erwähnt – in vielfacher Ausführung. Ganz oben befindet sich der W3-Professor (einst C4 oder noch früher H4), der vom Kanzler der Hochschule auch jetzt noch gern als Lehrstuhlinhaber oder „Ordinarius" angesprochen wird, wenig darunter der W2 (einst C3), deutlich tiefer der neuerdings geschaffene Juniorprofessor (W1), der wenn alles gut geht, an einer anderen Universität, gelegentlich auch an derselben, zum W2 oder W3 aufsteigt. Eine merkwürdige Konstruktion ist der außerplanmäßige (APL-)Professor. Mit der Ernennung zum APL werden die Verdienste derer belohnt, die gute wissenschaftliche Ergebnisse erzielt haben, an derselben Universität viele, bisweilen sehr viele Jahre unverbrüchlich gearbeitet, aber aus welchen Gründen auch immer nicht die Berufung auf W2 oder W3 erhalten haben. Er wird ernannt, und nicht berufen.

Anzumerken ist, dass in den Genuss der „Vergünstigungen" im wesentlichen die nach W3, in geringerem Umfang auch die nach W2 besoldeten Professoren kommen. Hervorzuheben ist ferner, dass sich der außerplanmäßige Professor, ungeachtet der etwas despektierlichen Bezeichnung, gerade in den medizinischen Fakultäten großer Beliebtheit erfreut. Verständlich, dass um diesen nicht selten heftige Auseinandersetzung unter den Aspiranten entbrennt. Eröffnet die Verleihung dieses Titels doch häufig die Eroberung eines Posten als Chefarzt in Krankenhäusern oder angesehenen Privatpraxen.

Besondere Erwähnung gebührt dem Seniorprofessor. Um ihn wird unter den vom Ruhestand bedrohten Lehrstuhlinhabern heftig gerungen. Dem Seniorprofessor werden nämlich jenseits der gesetzlichen Altersgrenze alle die Annehmlichkeiten zugesprochen, die dem W3-Professor verbrieft sind: Mitarbeiter, Dienstreisen, Räumlichkeiten und (in besonderen Fällen) auch Forschungsgelder. Die Entscheidung über das Wohl und Wehe der Alten obliegt der Universitätsleitung respektive dem Rektorat, meist in Absprache mit dem Fachbereich.

Berufung. Damit es mit dem „Professor" klappt, das jahrelange Ringen um neue Ideen und Veröffentlichungen sich auszahlt, darf der Aspirant die psychologische Ebene nicht vernachlässigen. Wo immer möglich, muss Präsenz gezeigt und um Freunde und Verbündete geworben werden. Einladungen zu Konferenzen und Vorträge in Kolloquien sind ein untrügliches Merkmal, dass die Aussichten auf einen Ruf in greifbare Nähe rücken. In besonderen Fällen ergeht sogar eine persönliche Aufforderung, sich um neue oder freiwerdende Stellen zu bewerben. Wer von den Bewerbern die Stelle erhält, ist der Entscheidung der sogenannten Berufungskommission vorbehalten. Deren Mitglieder sind in aller Regel Angehörige des Fachbereichs, zu dem die Stelle gehört. Unter den Bewerbern sind auch solche, die es eigentlich schon geschafft haben und verbeamtet an einer anderen Hochschule als Professor ihren Dienst versehen. Diese möchten mit der Bewerbung das Gehalt oder die Anzahl der Mitarbeiter erhöhen oder von der etwas größeren Reputation der anderen Hochschule profitieren. Oder in die Nähe eines Kollegen ziehen, mit dem sie gemeinsame Arbeiten planen.

Erwähnung verdient in diesem Zusammenhang die Bewerbung zum Schein. Das geht so. Der Bewerber, nennen wir ihn S, telefoniert mit dem Vorsitzenden V der Berufungskommission. Sofern S den Eindruck gewinnt, dass V sich für ihn entscheiden wird, bewirbt S sich mit allem was dazu gehört (Liste der Veröffentlichungen, Vorlesungen, Vorträge, Preise, Gutachten etc). De facto hat S aber gar nicht die Absicht, im Fall einer Berufung diese auch anzunehmen. Sobald sie erfolgt, wird S sie ablehnen. Denn vorab hat S sich vergewissert, dass bei ergangenem Ruf seine Universität (also die, der S zur Zeit angehört) sich nicht wird lumpen lassen und ihm dafür, dass er den Ruf nicht annimmt sondern bleiben will, Bleibeverhandlungen anbietet. Die beinhalten, dass S den nächst höheren Posten (W3) erwirbt oder, wenn er den W3 schon hat, mit einem Zuwachs an Stellen und Räumlichkeiten belohnt werden wird. Doch damit nicht genug. V bleibt nicht verborgen, dass es sich bei S um eine Scheinbewerbung (SB) handelt. Und so eröffnet sich ein Geschäft auf Gegenseitigkeit. Sollte sich die Gelegenheit bieten und S selbst Vorsitzender einer Berufungskommission sein, der sich V mit seiner Bewerbung stellt, wäre es nur recht und billig, dass S ihn in seiner SB unterstützt.

Dieser listige Plan ist fester Bestandteil des Berufungsgeschäfts. Bekanntlich gibt es das auch anderswo. Wie zum Beispiel im Kulturbetrieb (Besetzung der Direktoren von Theatern, Opern, Museen etc.) Am ausgeprägtesten aber ist die SB in der Universität. Es wäre hilfreich, diese dunkle Form der Berufung, die eindeutig auf Korruption verweist, mit Zahlen zu untermauern. Möglicherweise hat der *Hochschulverband*, die Standesvertretung der Professoren, entsprechende Daten. Aber der wird sich hüten, sie herauszurücken. Im Gegenteil: er wird feststellen, dass es sich bei diesem abgekarteten Spiel um die berühmten Ausnahmen handele. Hier sind die Ministerien der Länder in der Pflicht. Sie sollten nicht nur zum Professor „berufen", sondern auch prüfen, ob alles mit rechten Dingen zugegangen ist. Es wäre ihre Aufgabe, in dieser schwierigen, schwer zugänglichen Angelegenheit zu recherchieren.

Ehrgeiz und Eitelkeit (*E&E*). Die dominierende Eigenschaft des Professors ist per Definitionem sein großes Wissen; danach kommt der Ehrgeiz, der Treiber von Wissenschaft und Forschung, hinter dem sich die Eitelkeit verbirgt. *E&E* können erträglich oder unerträglich, laut oder leise, sublimiert oder expressiv daherkommen. Immer geht es um die eigene Reputation, den persönliche Rang unter den Fachkollegen, dem eigenen „Brand". Wo immer der Name des Professors auftaucht, sei es in Veröffentlichungen oder Vorträgen, ist er hellwach, hochsensibel, fokussiert; dann ist Schluss mit lustig. Ehrgeiz und Eitelkeiten des Professors sind im Grunde unstillbar, sie sind, ähnlich dem Profitstreben des Kapitalisten, rastlos. Gleichwohl sind diese Eigenschaften eminent wichtig. Denn sie treiben seine Publikationen, Forschungsprojekte und den Wettbewerb um die vorderen Plätze im Ranking. Wo die Frage von Anerkennung und Reputation eine so überwältigende Rolle spielt, ist allerdings opportunistisches Verhalten nicht weit. So habe ich immer wieder Ergebenheit beobachtet, wenn der Professor es mit wichtigen oder sehr wichtigen Leuten zu tun hat. Der Höhepunkt an Unterwürfigkeit wird erreicht, wenn, um ein Beispiel zu nennen, ein Professor der Physik, von eher mittlerer Qualität, einem Leuchtturm der Physik einen Vortrag im heimischen Kolloquium abzuringen imstande war. Wenn Fragen gestellt werden, kommen sie meist artig und ehrerbietig daher. Selbst wenn der Vortrag einige Schwächen aufweist (was durchaus auch bei berühmten Herren vorkommen kann), wird am Ende heftigst getrommelt und geklatscht. Bei weniger wichtigen Leuten kann es ganz anders zugehen. Schonungslos wird dem Kandidaten, der die Habilitation anstrebt, sein Vortrag um die Ohren gehauen, wenn dieser dem Sprecher der Fachschaft nicht gefällt.

Vaterschaften. Naturgemäß charakterisiert Opportunismus das Verhalten nach „oben" (Ministerien etc.) Wie steht es aber um das Verhalten nach „unten"? Da sind die kürzlich hochgekochten Affären um falsche Doktortitel ein wichtiger Indikator. Guttemberg, Schawan oder Koch-Mehring, unter anderen, wurden die Doktortitel aberkannt, weil sie unlauter gearbeitet hatten. Es wäre die Aufgabe der „Doktorväter" gewesen, die Fälschungen aufzudecken und so die Doktorarbeiten schon im Vorfeld zu blockieren. Das ist nicht geschehen, und somit haben die „Doktorväter" ihre Fürsorgepflicht grob fahrlässig vernachlässigt.

Für ihr Versagen gibt es mehrere Gründe. Hier sind die drei wichtigsten.

Erstens: Professoren sind selbst nicht gefeit gegen die Versuchung im Abschreiben und Ideen-Klau („wir sind auch nur Menschen"), insofern es nicht wundert, dass ihr Verhalten auf die Doktoranden abfärbt. Zweitens: Viele von ihnen prüfen nicht mit der gebotenen Akribie. Das nicht nur, weil sie von ihren zahlreichen Aktivitäten stark in Anspruch genommen werden, sondern auch und vor allem, weil sie nicht über die Kenntnisse verfügen, die für die Beurteilung der meist hoch spezialisierten Arbeiten erforderlich wären. Drittens: Der Chef sieht Defizite, aber winkt die Arbeit durch, beurteilt sie sogar mit bester Note. Schließlich war es der Mitarbeiter, der tagein, tagaus bis Mitternacht geschuftet, über die Jahre kostenlos ihre Vorlesungen vertreten, die Übungen durchgeführt, die Anträge auf Forschungsgelder ausgeheckt, die Diplomarbeiten betreut, die Gutachten vorbereitet, die Publikationen geschrieben hat, so dass der Chef nur eben stilistische Korrekturen vornehmen musste und frei von moralischen Skrupeln, den eigenen Namen ganz vorne auf die Liste der Autoren platzieren konnte. Solche auf Reziprozität gegründete Beziehungen sind nicht nur in Politik und Wirtschaft, sondern auch im Universitätsbetrieb durchaus üblich.

Das Ideal. Die Aufgabe des Professors ist, Wissen weiterzugeben und zu mehren. Vereinfacht lassen sich die Professoren in drei Gruppen gliedern. Gruppe A kümmert sich hauptsächlich um die Wissensvermittlung in Form von Vorlesungen und Übungen und beweist darin eine wahre Meisterschaft. Gruppe B produziert Wissen höchster Originalität und erfreut sich großer internationaler Anerkennung. In Gruppe C befinden sich diejenigen Professoren, welche die Eigenschaft von Gruppe A und B vereinigen. Im Bereich der Physik waren das aus Deutschland etwa Arnold Sommerfeld (1868-1951) aus München oder Robert Wichard Pohl (1884-1976) aus Göttingen, dessen Vorlesungen über Experimentalphysik zu den besten gehörten, oder aus Amerika der legendäre und enorm vielseitige, überdies zu jedem Spaß aufgelegte Richard Feynman (1918-1988), der übrigens jeden Ehrendoktor ablehnte, weil er sie für überflüssig hielt. Die Gruppe C könnte wachsen, wenn

(1) statt Konkurrenz eher Kooperation in Wissenschaft und Forschung gefördert würde;

(2) die Themen der Forschung stärker an den Erfordernissen der Gesellschaften orientiert würden;

(3) die Beschäftigungsverhältnisse für den Nachwuchs humanisiert würden;

(4) die strikten Hierarchien in den Universitäten abgebaut und Entscheidungen demokratisiert würden;

(5) Berufungsverfahren transparent gestaltet, partikulare Interessen zu-

rückgewiesen, Entscheidungen begründet und Widerspruch zugelassen würden.

Exzellenzinitiative. Seit Jahren wird das Leitbild der wettbewerbsorientierten, industrienahen Hochschule propagiert. Wer am meisten Geld einwirbt, wird am höchsten bewertet. Die mit großem finanziellen Aufwand betriebene Exzellenzinitiative des Bundes geht in die gleiche Richtung. Ohnehin bereits bestens ausgestattete Hochschulen gewinnen, einige sogar wiederholt, und viele, eher unterfinanzierte, verlieren. Nicht, weil sie weniger gute Forschung machen, sondern weil ihnen oft die Mittel fehlen, die vorhandene Leistungsfähigkeit auszubauen. Damit wird eine Ungleichheit zwischen den Hochschulen vertieft, die unter dem Einfluss einer klugen Wissenschaftspolitik, mittelfristig und zum Nutzen aller, ausgeglichen werden könnte.

Der nachfolgende Artikel ist um das Jahr 2000 entstanden. Zu der Zeit war das Wort Multimedia der Renner. Heute ist es die Künstliche Intelligenz. Letztere bedient sich der Techniken der ersteren, geht jedoch weit darüber hinaus.

Forschung im Verbund

Die Wissenschaft hat in der Vergangenheit gezeigt, dass sich mit Hilfe einfacher Modelle viele, auch verwickelte Phänomene in der Natur erklären lassen. Die Wissenschaft heute ist darauf gerichtet, über die einfachen Beschreibungen hinauszugehen und die Phänomene detailgenau in ihrer Ganzheit, und das heißt in ihrer Komplexität zu verstehen. Dieses Vorgehen kommt nicht von ungefähr. Aus den verschiedensten Gründen möchte man den Verlauf der Systeme vorhersagen. Die Vorhersage ist offenbar um so zuverlässiger, je mehr Komplexität berücksichtigt wird. Denken wir zum Beispiel an die Wettervorhersage. Seitdem Daten aus Satelliten und Messungen über Wasser, Eis und Land mit mathematisch-physikalischen Modellen kombiniert werden, kann inzwischen recht genau die Drei-Tage Entwicklung von Temperatur und Niederschlag vorausgesagt werden. Komplexität begegnet uns nicht nur in der Natur, sondern auch in der

Gesellschaft. Anders als in den Naturwissenschaften, sind die Bewegungsgesetze der Gesellschaft im allgemeinen nicht näher bekannt. Hier spielen das Verhalten und die Tätigkeiten von Menschen, deren Konflikte, Emotionen und Intentionen eine Rolle. Sie sind einer quantitativen, mathematischen Beschreibung nur schwer - wenn überhaupt - zugänglich. Zu den komplexen gesellschaftlichen Phänomenen gehören, um nur einige zu nennen, Wirtschaft, Arbeit, Gesundheit und Verkehr. Auch hier dürfte gelten: Je mehr Komplexität berücksichtigt wird, umso besser lässt sich die zeitliche Entwicklung dieser Systeme abschätzen.

Im Gegensatz zu der Wissenschaft, verlassen sich Meinungsmacher auf ihr Bauchgefühl, stützen sich Politiker auf Parteiprogramme, wenn sie über die Zukunft von Wirtschaft und Gesellschaft reden. Folgt man ihren „Visionen", entsteht der Eindruck, sie wüssten tatsächlich, was kommen wird. Aber es kein Wissen, das diese verkünden, sondern ein Glaube. Sie glauben, zum Beispiel, dass die sogenannten Zukunftstechniken (1995: Multimedia; 2024: Künstliche Intelligenz) allein in Deutschland Millionen neuer Arbeitsplätze schaffen könnten. Der großzügige Ausbau des Straßensystems und die unbeschränkte Geschwindigkeit würden vor dem „Verkehrsinfarkt" bewahren. Die Erhöhung des Renteneintrittsalters sollte die Sicherheit der Renten garantieren. Massive militärische Aufrüstung würde eventuelle Aggressoren abhalten, Land zu erobern. Wachstum der Wirtschaft würde für allgemeines Wohlergehen und Vollbeschäftigung sorgen. Das Problem der Pflegebedürftigen würde durch Anheben der Beiträge zur Pflegeversicherung gelöst. Eine Pandemie würde durch strikte Isolation der Bevölkerung und umfassender Ausgangssperren an weiterer Ausbreitung gehindert, letztendlich sogar eliminiert.

Derartige Vorhersagen sind nichts anderes als Verheißungen. Sie entspringen partikularen Interessen, denen auf Geheiß von führenden Leuten in der Gesellschaft Geltung verschafft werden soll. Sie sind bestenfalls halbwegs plausible Gedankenspiele oder basieren auf Überschlagsrechnungen, die auf Bierdeckeln Platz haben. Besonders problematisch wird es beim Überbietungswettbewerb der konkurrierenden Parteien. Da wird das Blaue vom Himmel versprochen, ohne auch nur in einem einzigen Fall ein solides Modell vorzulegen, das die Versprechungen glaubhaft erscheinen lässt. Der Dilettantismus der Alles- und Besserwisser hat zur Folge, dass verhängnisvolle Entwicklungen eingeleitet werden, unter denen ganze Bevölkerungen leiden.

Was kann getan werden, um aus Dilemma herauszukommen?

Die Wissenschaft setzt auf Modelle. Die müssen erzeugt, getestet und angewendet werden. Technologieschübe und Technologiefolgen, globales Klima, Energieversorgung, Beschäftigung, Verläufe von Krankheiten, Verkehrsaufkommen, sogar Konflikte zwischen Völkern und Wahrung des allgemeinen Wohlstands lassen sich abschätzen, in weiterem Sinn sogar managen, wenn sie auf Modellen basieren, die möglichst viel von der Komplexität enthalten, die den Problemen zugrunde liegt. Ist ein Computer-Modell gebaut, können verschiedene Konstellationen (man spricht von Szenarien oder Projektionen) simuliert werden. Im Zusammenspiel mit den umfangreichen Datenmengen, die in den Ämtern, Instituten, Behörden und Wirtschaftsunternehmen lagern, können die Ergebnisse sogar validiert werden. Es lassen sich Strukturen, Formen, Zusammenhänge entdecken. Kurzum: Modellbasierte Simulationen sind die geeigneten Werkzeuge, um Lösungen zu finden für die brennenden Fragen der Zeit. Nur auf der Grundlage valider Modelle kann eine Politik, die Entwicklungen antizipieren will, gelingen.

Das soll im Folgenden an einem aktuellen Beispiel erläutert werden. Ein zeitgemäßes, aber bisher eher stiefmütterlich behandeltes Thema ist der Autoverkehr. Er ist so allgegenwärtig wie das Wetter. Die Frage, ob uns auf unserer Reise mit dem Auto viel oder wenig Verkehr erwartet, wird vermutlich nicht weniger häufig gestellt als die Frage, wie das Wetter morgen oder übermorgen sein wird. Das Auto steht für Mobilität. Es trägt zu den Arbeitsplätzen, ermöglicht und erleichtert die Geschäfte, fährt uns in den Urlaub. Aber: zu viele Autos beeinträchtigten unsere Gesundheit, Sicherheit, Umwelt und Klima; sie verursachen Staus, Staus verschwenden unsere Zeit, und Zeit ist Geld.

Deshalb möchten wir, die Autofahrer und Autofahrerinnen, und überhaupt alle, die in Zukunft ein Auto fahren wollen, recht betrachtet, also die ganze Gesellschaft, so zuverlässig wie möglich erfahren, welche Route wir heute oder morgen wählen müssen, um (1) ohne größere Behinderungen sicher unser Ziel zu erreichen und (2) unseren „ökologischen Fußabdruck" möglichst unauffällig zu halten. Wir möchten wissen, wann wir in den Urlaub aufbrechen können, ohne unnötige Zeit zu vertun. Wir wollen unsere Geschwindigkeit so einrichten, dass wir der Umwelt möglichst wenig schaden.

Dafür brauchen wir ein Modell. Das die aufgeworfenen Fragen beantwortet und sich praxis- und zeitnah umsetzen lässt.

Wir blättern in der schier endlosen Liste der wissenschaftlichen Disziplinen. Wir erfahren, daß der Straßen- und Schienenverkehr in den Instituten für Verkehrswissenschaften gepflegt wird. Diese wiederum sind zumeist in den Fakultäten für das Bauwesen versteckt, und dort ging es bisher um das Bauen von Straßen – weniger um Planung oder Wirkungsforschung des Verkehrs. Das war zu der Zeit der allgemeinen wirtschaftlichen Expansion ziemlich natürlich. Inzwischen expandieren im wesentlichen die Arbeitslosenzahlen, und es verschlechtern sich die Lage der Wälder und der Luft. Das hatte eine milde Ökologisierung der Wissenschaften zur Folge, und erstmals ging es auch um Vermeidungs- und nicht nur um Wachstumsstrategien. Wichtiger und zukunftsweisender auch für die Verkehrswissenschaften war aber die schon über viele Jahre zu beobachtende Computerisierung und Mathematisierung der Wissenschaften. Sie hatte zur Folge, daß computerbasierte Modellierung und Simulation in Mode kamen. Mathematiker und Physiker, stets auf der Suche nach neuen Fragestellungen, entdeckten in diesem Zusammenhang den Straßenverkehr. Der Physiker beschäftigt sich mit komplexen Systemen, und der Verkehr ist ein Spezialfall davon. Der Mathematiker freut sich über ein neuartiges, überdies reales Optimierungsproblem, und der Informatiker sieht seine Chance im Aufbau von Verkehrsinformationssystemen.

Kurzum, es haben sich zwei Entwicklungen getroffen: Der wissenschaftliche Fortschritt auf der einen Seite und der gesellschaftliche Druck auf der anderen Seite. Dies ist eine Situation, die Bewegung hervorruft. Es muß nicht immer wirtschaftliches Interesse dahinterstehen. Die Sorge um die Zukunft wird inzwischen oft als gleichgewichtig betrachtet. Wenn auf der Grundlage solcher Konstellationen ein Projekt entsteht, hat es gute Chancen, auf die Förderliste der forschungspolitischen Instanzen (Ministerien, Europäische Gemeinschaft, Forschungsgesellschaft etc.) gesetzt zu werden.

Und so geschah es.

Entstanden ist der Forschungsverbund „Verkehrssimulation und Umweltwirkungen", der im Mai 1995 seine Arbeit aufgenommen hat. Mathematiker, Physiker, Informatiker und Verkehrswissenschaftler arbeiten zusammen, um für die Straße ein hochauflösendes, mikroskopisches und schnelles Verkehrsmodell zu konstruieren, an das andere Komponenten, wie Schadstoffentstehung und Schadstofftransport angekoppelt werden.

Das Verkehrsmodell wird von Mathematikern und Physikern der Universität Köln und Duisburg aufgebaut und fortentwickelt, von Verkehrswissenschaftlern aus Aachen, Bochum und Wuppertal interpretiert und an reale Situationen angepasst. Es wird von den Meteorologen aus Köln genutzt, um die Schadstoffentstehung zu vervollständigen und die jeweilige Ozon- und sonstige Belastung als Funktion des aktuellen Verkehrs vorherzusagen. Typische Fragestellungen sind: Wie lässt sich Verkehr optimieren, Verkehr vermeiden, Verkehr sicherer machen? Wie lassen sich Transportwege minimieren, wie lassen sich Umsteigemöglichkeiten zwischen Schiene und Straße realisieren, wie lassen sich Schadstoffe reduzieren? Auf der Basis der modellbasierten Computersimulation können verschiedene Szenarien durchgespielt werden, darunter: Welche Verkehrsmaßnahmen muss die Regierung ergreifen, um größere Ozonbelastungen zu vermeiden? Den CO_2 Ausstoß zu verringern? Feinstaub und Stickstoffoxide zu eliminieren? Würde ein Tempolimit greifen? Was muss getan werden, um die Staugefahr zu verringern: Straßen verlegen, Straßen eliminieren, Straßen hinzufügen? Welche Auswirkungen haben Geschwindigkeitsbeschränkungen auf der Autobahn auf die Nachfrage bei der Eisenbahn? Wie beeinflusst die jeweilige Wetterlage die Verkehrssituation?

Der Forschungsverbund soll „harte" oder wie man auch gerne sagt, „belastbare" Zahlen erwirtschaften. In einer ersten Stufe werden rechnergestützte, dynamische Modelle zur Beschreibung des Straßen-, insbesondere Autobahnverkehrs, optimierte Fahrpläne für die Bahn sowie Schadstoffmodelle für Ozon *entwickelt*. In einem zweiten Schritt werden diese Modelle miteinander *gekoppelt* und realistische Szenarien *simuliert*. In einer dritten Phase sollen die Modelle das reale Verkehrsgeschehen und den Schadstoffausstoß *vorhersagen*. Auf der Basis der Schadstofferrechnung wird der Verkehr gesteuert. Hierbei sollten dann sowohl die Wahl einer anderen Route als auch der Wechsel des Verkehrsmittels (samt Abfahrtszeit und -ort) angeboten werden können. Was auf eine recht komplizierte, aber lösbare Optimierungsaufgabe hinausläuft.

Was dem Verkehrsverbund fehlt, ist der pädagogische, psychologische und soziale Kontext. Denken wir an Verkehrsvermeidung, so hat diese viel mit Lernen und Verhaltensänderung zu tun. Konkret: es geht um eine Änderung des Lebens- und der Arbeitsbedingungen. Hier spätestens macht sich bemerkbar , dass eine Philosophie der Mobilität fehlt. Mobilität ist eine der wichtigsten Quellen des Verkehrs, abhängig von Alter, Status, Freizeit und Persönlichkeit. In der jetzigen Konstruktion des Verbundes sind für diese Aspekte kein Platz. Er würde einfach zu groß, nicht mehr koordinierbar. Hier ist der Mut zur Lücke, wie schmerzlich auch immer, unumgänglich. Der Verbund ist technisch orientiert, und das Ziel ist eine technologische Lösung. Sollte sie gelingen und überzeugen, müssen Wirtschafts- und Sozialwissenschaften mit eingebunden werden. So besteht die Chance, auch Bewusstsein zu ändern. Es wäre ja nicht das erste Mal, dass neue Technik auch neues (vielleicht sogar „richtiges"?) Bewusstsein anstößt.

Ein Verbund wie dieser ist zuallererst ein Forschungsprojekt. Es ist nicht einfach zu managen. Das ist nicht ungewöhnlich und hängt auch zusammen mit den bekannten Schwierigkeiten, wenn Leute aus verschiedenen Disziplinen, die zuvor nie voneinander gehört, geschweige denn miteinander geredet haben, zusammen arbeiten wollen.

Ein Verbund wie dieser ist, ob man es will oder nicht, auch ein politisches Projekt. Die Ergebnisse des Verbundes werden Ansätze für eine neue Verkehrspolitik stimulieren. Es könnte zu spannenden Konstellationen kommen: Hier die wissenschaftliche Lösung, dort die traditionelle (politische, wirtschaftliche, personenbezogene) Lösung. Derartige Konstellationen enthalten ein erhebliches Konfliktpotential. Wenn dieses einen Diskurs anstoßen würde, bei der auch die wissenschaftlichen Lösungen gebührend berücksichtigt würden, wäre das ein Durchbruch, und das Tor zu einer wissensbasierten Politik aufgestoßen.

Denkbar übrigens auch, daß dieser Verbund zur Keimzelle für eine europaweite Initiative wird. Folglich dieser Verbund, aufgrund seiner Kompetenz im Bereich der computerbasierten Modellsimulation, der Grundstein für ein späteres Verkehrs-Rechenzentrum ist, das in Analogie zum Wetterbericht, die stündlichen Verkehrsvorhersagen errechnet.

Das allgemeine Charakteristikum dieser oder ähnlicher Bemühungen ist klar - die interdisziplinären Wissenschaften entwickeln experimentelle, empirische und numerische Methoden, mit denen die Fragen ausgeleuchtet werden, die die Gesellschaft ihnen stellt; sie entwickeln Modelle, mit deren Hilfe die den Problemen innewohnende Komplexität entschlüsselt, modelliert, mit Hilfe des Computers simuliert und visualisiert wird. So entstehen kompetente Vorschläge zum Handeln, die zur Gestaltung der Gesellschaft, unter Wahrung ausgehandelter Randbedingungen, genutzt werden können.

Kann so dem Dilettantismus der Politiker und Wirtschaftsleuten die Stirn geboten werden? Das Bündnis zwischen Wissenschaft und Gesellschaft, die Mischung aus Wagnis, Weitsicht und Ernsthaftigkeit, Bedürfnis und Bedürftigkeit ist eine mächtige Koalition. Im übrigen haben wir gar keine Chancen, anders zu handeln. Denn es geht um zukunftsfähige, heute sagt man auch gerne: nachhaltige Lösungen - und die sind nur dann vernünftig, wenn sie auf dem sicheren Fundament der Wissenschaften gebaut sind.

Nachschrift: *Der Forschungsverbund Verkehrssimulation und Umweltwirkungen wurde von der Landesregierung NRW gefördert. Ein besonders hervorzuhebendes Ergebnis war ein Computerprogramm, das in Windeseile brauchbare Verkehrsprognosen für die Autobahnen in NRW errechnen konnte. In der Folgezeit wurden, darauf aufbauend, weitere Projekte entwi-*

ckelt, die u.a. auch von der Deutschen Forschungsgemeinschaft finanziert wurden. Siehe zum Beispiel: Belomestny, Denis; Jentsch, Volker; Schreckenberg, Michael: Completion and continuation of nonlinear traffic time series: A probabilistic approach. In: Journal of Physics A, Mathematical and General Jg. 36 (2003) Nr. 45, S. 11369 - 11383
Aber: alles, was darüber hinaus ging, insbesondere die Möglichkeit, der Politik ein valides Werkzeug an die Hand zu geben, auf dessen Grundlage der Verkehr gestaltet werden kann, wurde vertan. Düstere Aussichten also für Verkehr, egal ob Straßen-, Schienen- oder Luftverkehr. Und für das Projekt, in dem Wissenschaft zur Politik und Politik zur Wissenschaft werden sollte!

Am 13.6.98 gab es in der Universität Frankfurt den Kongress „Machtfragen der Informationsgesellschaft". Veranstalter war die Initiative „Informationsgesellschaft - Medien - Demokratie" und die Universität Frankfurt. Ich habe dort den folgenden Vortrag gehalten.

Unsere Informationsgesellschaft

Sehr geehrtes Publikum, uns ärgert die schiere Flut von Texten, Bildern und Tönen. Und damit zusammenhängend: uns ärgert der Mangel an Information. Warum der zweite Ärger mit dem ersten zu tun hat und wie dem abgeholfen werden kann, sage ich Ihnen in den nächsten zehn Minuten.

Die Tiefe der Information.

Nehmen wir, um die Sache einzuleiten, als aktuelles Beispiel die Regierungsumbildung in NRW. Mehrere Minister mussten gehen, darunter auch die Ihnen möglicherweise bekannte Frau Brunn, die etwa 13 Jahre die Wissenschafts- und Forschungspolitik des größten Bundeslandes bestimmt hatte. Wir haben erfahren, dass sie gehen mußte, aber wir wissen nicht, warum sie gehen mußte. Jedenfalls habe ich nirgendwo eine Verlautbarung gelesen, die diese Entscheidung glaubwürdig begründet. Wir werden das auch nicht lesen. Warum? Weil das Hintergrundwissen zugleich natürlich eine Machtfrage ist, und die Macht nicht freizügig ist.

Wir hören nur das platte Faktum. Das ist für sich genommen nicht unwichtig, aber interessanter wäre doch zu wissen, welche Fehler Frau Brunn gemacht hat, so daß wir möglicherweise unser Verhältnis zu ihr neu überdenken müssten. Vielleicht hat sie auch gar keine Fehler gemacht, und muß deshalb gehen. Wie auch immer: Wir sind auf Spekulationen angewiesen. Wir erfahren nur den trivialen Tatbestand, die letzte Konsequenz einer Reihe von Überlegungen und Machtspielen.

Lassen Sie mich ein anderes Beispiel wählen. Viele von Ihnen werden in die Verlegenheit gekommen sein, sich um einen Posten bewerben zu müssen. Sie erhalten eine Absage oder (weniger wahrscheinlich) eine Zusage. Sie kennen auch die formelhaften Unterrichtungen der Absager und Zusager: In der einen wird bedauert, in der anderen wird begrüßt. Aber sie erfahren in aller Regel nicht die Gründe, die zu der jeweiligen Entscheidung geführt haben. Diese wiederum wären wichtiger als das platte Faktum.

Die Liste der Beispiele ließe sich selbstverständlich beliebig verlängern. Sie alle haben gemeinsam, daß uns der relevante, also der bedeutsame Teil der Information vorenthalten wird (immer vorausgesetzt, daß es ihn gibt). Andererseits wird uns seit einigen Jahren eine Gesellschaft neuen Typs versprochen. In dieser sogenannten Informationsgesellschaft, so die Suggestion, ist der Mensch über alles und jedes informiert. Herr Bangemann, einer der Protagonisten der informierten Gesellschaft, läßt dieses Bild bei jeder Gelegenheit wiederholen. Gleichwohl lassen wir uns nicht täuschen von der Propaganda des Herrn Bangemann: sein Bild ist nicht auf Tiefe bedacht. Hinter dem Begriff der Informationsgesellschaft verbirgt sich in Wahrheit ein wenig ausgegorenes Wirtschaftsprogramm, das von den Regierenden als bürgernah und Gemeinwohl-orientiert verkauft wird.

Natürlich haben wir nichts gegen die Idee, mit neuer Technik neue Arbeitsplätze zu schaffen. Und daß die Industrie an der schnelleren Übertragung der Bits gut verdient, ist gewissermaßen normal. An alles, übrigens auch an die ideologische Plattheit, haben wir uns doch längst gewöhnt.

Im übrigen freuen wir uns, wenn uns die Mächtigen suggerieren, daß wir uns über alles und jedes in Zukunft informieren können. Wir begreifen das nämlich als Aufforderung, sie mit ihren eigenen Versprechen zu konfrontieren: jeder wird in die Lage versetzt, sich die Informationen zu verschaffen, an denen er interessiert ist, vorausgesetzt, die gesetzlichen, gegebenenfalls auch die moralischen oder ethischen Regeln werden nicht verletzt. Wir, die Bürger dieser Erde, wir werden unseren Beitrag dazu leisten.

Wir begreifen die Informationsgesellschaft folglich in einem *humanistischen* Sinn, als den Beginn einer neuen Aufklärung, die zugegebenermaßen wesentlich von den neuen Möglichkeiten der Technik lebt, umgekehrt diese Technik so gestaltet, daß wir das wichtige vom unwichtigen trennen können, kurzum: aus rohen Daten, und nichts anderes wird durch die Datennetze transportiert, Information und Wissen schöpfen. Was ich in diesem Zusammenhang für essentiell halte: (1) Wie kommen wir an Daten, die uns interessieren, und was wollen wir von den Daten wissen; (2) wie können wir Wissen aus den Daten ziehen, und wie läßt sich das so gewonnene Wissen begreifen und verdeutlichen? (3) Was läßt sich mit dem frisch erworbenen Wissen anfangen?

Gesetzt den Fall, wir wären in der Lage, die vier Fragen weitgehend vollständig zu beantworten. Was eröffnet uns das? Neue Entscheidungsmöglichkeiten und Handlungsoptionen, für den einzelnen wie für die Gemeinschaft! Neue Bewertungen, neues Verständnis für eine sich schnell ändernde Welt! Das ist wenig? Ich bitte Sie: das ist viel, sehr viel.

Die Visualisierung der Information

Nun ist die Wissensextraktion aus Daten kein Selbstläufer, sondern erfordert eine Menge Aktivität von uns. Da sind die Bits, die Daten repräsentieren. Das können medizinische, epidemiologische, oder soziale Daten sein, Daten von den Finanzmärkten, Daten aus Satelliten oder Verkehrsaufnahmen, politische oder parteipolitische Daten, wie auch immer. Wichtige und unwichtige Daten, je nach Sichtweise. Diese Daten wurden erhoben, vorverarbeitet, gespeichert, einige davon werden veröffentlicht, wie z.B. die Wetterdaten, die als Bilder um die Welt reisen. Die meisten Daten hingegen, einmal aufgenommen, werden nicht einmal angesehen, sondern wandern gleich ins Archiv, wo sie schließlich niemand wiederfindet. Andere hingegen werden weggeschlossen, mit Argusaugen bewacht, weil man ahnt, daß sie etwas verbergen, was, wenn veröffentlicht, zu unliebsamen Konsequenzen führen könnte.

Unsere erste Überlegung ist: wie kommen wir an die Daten, die zumeist mit öffentlichen Mitteln finanziert sind? Stellen Sie sich den Zugang nicht einfach vor. Normalerweise bekommen Sie keinen Zugang, auch wenn sie ein legitimes Interesse vorzeigen können. Deshalb gibt es jetzt eine lobenswerte Initiative der EU, in dem das Recht auf Zugang festgeschrieben wird. Das befindet sich noch im Stadium des Entwurfs und wird wohl noch einige Hürden zu nehmen haben, insbesondere juristische, aber es ist doch ein Anfang und zeigt, daß in der EU nicht nur Industrieinteressen obsiegen (wenngleich sie natürlich auch in dieser Initiative nicht zu kurz kommen werden).

Angenommen, es gelingt uns, der rohen Daten habhaft zu werden, die Millionen von Gigabits schwer sein können, so geht es im nächsten Schritt darum, diese Daten nach den Regeln der Kunst zu verarbeiten. Dies ist nun eine Aufgabe der Wissenschaft. Sie kennen vermutlich das Stichwort Datamining, eine Art Künstliche Intelligenz, das als Synonym für eine Reihe neuer Verfahren steht, mit deren Hilfe Information aus den Daten extrahiert werden kann. Die Verfahren sind statistischen Ursprungs, aber es gibt eben auch eine neue Klasse, die sich die Informationsverarbeitung in der Natur als Vorbild nimmt und daraus z.b. Neuronale Netze und Evolutionäre Algorithmen konstruiert. Die Verfahren müssen, um wirklich wirksam zu werden, einige Anforderungen erfüllen, die mit den Begriffen wie interaktiv, adaptiv, automatisierbar umschrieben werden. Lassen Sie mich ein Beispiel nennen. Im Bereich des Straßenverkehrs werden tagtäglich an den Zählschleifen der Autobahn Geschwindigkeit, Typ und Anzahl der Fahrzeuge registriert, die den jeweiligen Meßpunkt passieren. Solche Daten enthalten zeitliche (und im Zusammenspiel mit anderen Meßstellen) auch räumliche Muster, die über die Dichte des Verkehrs Aufschluß geben können. Ziel ist nun, mit den erwähnten neuen Verfahren Prognosen über die Entwicklung des Verkehrs zu machen, die ähnlich wie der Wetterbericht, laufend auf der Basis neuer Messungen aktualisiert werden.

Diese Verkehrsfragen werden übrigens in einem Forschungsverbund behandelt, den ich initiiert habe und der einige hübsche Resultate gebracht hat und den ich nun in einer anspruchsvolleren Version erneut auf den Weg bringen will.

Ein anderes Beispiel, für das ich mich an dieser Stelle auch sofort entschuldige, sind die Banken, die im Besitz von Daten über ihre Kunden sind. Diese Kunden wollen Kredite von der Bank, und die Bank weiß nicht so gut, wer kreditwürdig ist. Datamining hilft, aus den Daten mehr herauszufinden, als das bloße Betrachten leisten kann. Prüfungen haben ergeben, daß teilweise Kunden als kreditwürdig eingestuft wurden, die auf konventionellem Weg abgewiesen wurden und umgekehrt. Das wären Ergebnisse, die Aufsehen erregen würden. *Datamining also auch als Werkzeug für eine neue, nennen wir sie wissensbasierte Gerechtigkeit, als Anfang vom Ende der universellen Macht des Dilettantismus??*

Mit der reinen Wissensextraktion ist die Aufgabe der Wissenschaft noch nicht abgeschlossen. Was aussteht, ist das schwierige Gebiet der Wissensrepräsentation. Dazu müssen Informationssysteme aufgebaut werden, die das Wissen zu ordnen, zu finden und zu betrachten gestatten. Wissen als Text,

Bild, in Form von gesprochener oder geschriebener Sprache. Jeder Benutzer kann sich seine eigene Sicht auf das Wissen aufbauen. Jedem soll es zugänglich sein. Der Benutzer kann es in Form der herkömmlichen Schnittstellen, wie Maus oder Tastatur, oder mittels Sprache, bis hin zu Gesten oder Zeigetechniken, abrufen. Das alles zusammen gibt es noch nicht, und daran arbeitet die Wissenschaft. Ich darf in aller Bescheidenheit wieder einen Forschungsverbund erwähnen, mit dem auch ich verbunden bin, der sich dieser, wissenschaftlich wie sozial gleichermaßen interessanten Aufgabe widmet: wir nennen sie Die Virtuelle Wissensfabrik.

Fazit: Wir nehmen die Informationsgesellschaft ernst im Sinne der Aufklärung: die Menschen erhalten die Informationen, für die sie sich interessieren. Die Wissenschaft, organisiert in Forschungsverbünden, produziert das dafür erforderliche, technische Instrumentarium. Sie schafft den Zugang, verarbeitet die Daten, produziert die Information und visualisiert sie in der vom Menschen gesuchten und gewünschten Form. Der Mensch in der Informationsgesellschaft erhält ein Gerät und ein Programm, die er, interaktiv, zu seinem Gewinn und Nutzen einsetzen kann.

Hier wird gefeiert. Eine (überflüssige) Geschäftsstelle des Landes NRW wird geschlossen. Es eröffnet sich die Möglichkeit, daraus etwas anderes zu machen.

Abschluss-Feier

Sehr geehrte Damen und Herren, liebe Kolleginnen und Kollegen, liebe Mitarbeiterinnen:

ich begrüße Sie alle sehr herzlich und freue mich sehr, daß so verhältnismäßig viele gekommen sind. Ich weiß das zu schätzen, denn ich weiß, daß Sie alle vielbeschäftigt sind. Eine Reise nach Bonn, noch dazu am Freitag Nachmittag, noch dazu, wenn es eigentlich nichts zu verteilen gibt, betrachte ich auch als eine ausgesprochen freundschaftliche Geste mir gegenüber.

Was nun die weitere Begrüßung betrifft, muß ich Ihnen sagen, dass ich die improvisierte Rede liebe, aber ich habe mich überzeugen lassen, daß gelegentlich eine Vorbereitung ratsam sein kann, und deshalb werde ich heute einige vorbereitete Sätze sagen.

Wovon nehmen wir Abschied? Das ist schnell gesagt: die Stelle, von der aus ich mehr als drei Jahre einige Forschungsverbünde organisiert und koordiniert habe, soll geschlossen werden. Taugt, werden Sie sich fragen, diese Schließung für eine Feier?

Gewiss nicht, antworte ich Ihnen. Der Rektor der Uni Bonn, mit dem ich über die Angelegenheit gesprochen habe, war etwas ratlos, als ich ihn um ein einleitendes Wort bat. Die Schließung einer Einrichtung ist doch keine Angelegenheit zum Feiern! So meinte er und recht hat er natürlich.

Gleichwohl – gemessen an dem, was ursprünglich, nicht nur von mir, sondern auch einigen Repräsentanten des Ministeriums in Düsseldorf, geplant war, gemessen an dem ist die Geschäftsstelle für Forschungsverbünde eher ein Misserfolg geworden.

Gemessen freilich an dem, was unter den gegebenen, engen Bedingungen machbar war, ist daraus, so scheint mir, eine zeitgemäße, einigermaßen produktive und auch einigermaßen erfolgreiche Angelegenheit geworden.

Also wir feiern deshalb nicht die Schließung dieser Stelle, sondern wir feiern deren Auferstehung.

Es wird eine andere Stelle daraus, mit anderen Zielsetzungen, aber mit derselben Person, und insofern ist sie nicht grundsätzlich verschieden im Charakter. Denn das Thema bleibt aktuell: Die Wissenschaft in ihren verschiedenen Schattierungen – manche sagen Disziplinen, ein nach meinem Geschmack zu militärisches Wort – also die Wissenschaft in ihren Schattierungen immer da, wo es geboten erscheint, zusammenführen und im Bündnis von Naturwissenschaft, Technik und wann immer geboten, auch Geisteswissenschaften miteinander verbinden.

Warum? Weil ganz offensichtlich die vielen brennenden Probleme der Wissenschaft, mehr noch aber der Gesellschaften, einer Lösung nur dann näher gebracht werden können, wenn sich die Spezialisten zusammentun und am besten unter der Führung eines Generalisten, wobei ich natürlich ganz selbstlos an mich denke, konkrete und neue, robuste Ergebnisse erarbeiten.

Dieser Nachmittag heute kann der Ausgangspunkt für neue Forschungsaktivitäten, neue intellektuelle Bündnisse sein, und dieses schließlich ist es, was wir, in unverbesserlichem Optimismus vorwegnehmend, heute auch feiern wollen.

Das alles geht nur, wenn die Wissenschaft kommunikativ ist, unermüdlich ist in ihrer Präsentation, sich immer wieder auf neue Themen und im übrigen auch auf andere Kollegen, andere Mitarbeiter, anderes Denken einlässt. Wir wissen, dass es anders nicht geht, aber wir wissen auch, wie schwer das ist. Sehr geehrte Damen, liebe Kollegen, ich finde es schön, dass Sie gekommen sind, und ich danke Ihnen dafür.

Leserschriften

Meine Kommentare zu Zeitungsartikeln
Über Vorhersagen
Über Ungerechtigkeit und Herzlosigkeit

Welche Möglichkeiten gibt es für Bürger und Bürgerinnen, ihre persönliche Meinung öffentlich zu machen? Eine davon ist die Rede unter freien Himmel, was in der Antike gang und gäbe war und noch heute im Hyde Park in London gepflegt wird. Das ist eine relativ anspruchsvolle Art, setzt die Rede doch voraus, dass der Redner auch reden kann, und dass sich genügend Publikum einfindet. Ins Leere zu reden, dürfte auch dem robustesten unter den Rednern schwer fallen. Heute werden Gefühlsäußerungen jedweder Art in den sogenannten sozialen Netzwerken kund getan. Im letzten Jahrhundert war es der namentlich gekennzeichnete Leserbrief, in dem typischerweise geschrieben stand, ob man sich der Meinung der Zeitung anschließe oder diese ablehne. Später dann, angesichts zunehmender Computerisierung, gewann in Konkurrenz zum klassischen Leserbrief dessen digitale Variante als „Online Portal" an Bedeutung. In diese konnte (und kann) zu vorgegebenen Themen die eigene Meinung eingeschrieben werden. Parallel dazu entwickelten sich Bewertungs-Portale, in denen – wie beispielsweise bei Amazon – ein Produkt (das nicht notwendigerweise dort gekauft sein muss) beurteilt werden kann.
In den Jahren um die Jahrtausendwende fühlte ich mich herausgefordert, Zeitungsartikel, gedruckt oder digital, zu kommentieren. Ich war der Ansicht, dass die darin versteckten oder offen zu Tage tretenden Meinungen

nicht unwidersprochen bleiben dürften. Inzwischen bin ich wieder davon ab-
gekommen. Warum mich ärgern, wenn der Leserbrief nicht gedruckt oder
verzerrt oder unzulässig verkürzt wiedergegeben wird. Oder wenn ich fest-
stelle, dass in den so genannten Online-Foren Cliquen gebildet werden, in
denen die eigenen Beiträge diskutiert und die nicht dazu gehörenden igno-
riert werden.
Wurden meine Beiträge nicht veröffentlicht, habe ich beim Chefredakteur
nachgefragt. Meist wurden sie dann im Nachhinein veröffentlicht. Gele-
gentlich half auch, wenn nichts anderes mehr ging und das Verlangen nach
Veröffentlichung unstillbar war, die Andeutung der Tatsache, dass mein
Abonnement ja nicht ewig so weiter laufen müsse. Inzwischen bietet die ei-
gene Webseite, selbst gestaltet, eine hervorragende Möglichkeit, die Freiheit
der Meinungsäußerung zu praktizieren.

An dieser Stelle lasse ich einige Leserbriefe wieder auferstehen. Sie sind
zum Teil mehr als zwanzig Jahre alt. Standort bedingt gingen sie vorwiegend
an den Generalanzeiger (GA) in Bonn. Vereinzelt auch an andere, darunter
Die Zeit und die Zeitschrift Cicero.

Guten Morgen, Herr. . .

Henryk Broder absolvierte mit Hündchen und Beifahrer Abdel-Samad 2010
seine Deutschland-Safari. Sie wurde in mehreren Folgen im Fernsehen ge-
zeigt. Ich habe einige davon angesehen und dem Herrn Broder, um den es
inzwischen bedauerlicher- und merkwürdigerweise recht still geworden ist,
dann diesen Brief geschrieben.

Guten Morgen, Herr Broder!
Mit Verwunderung habe ich festgestellt, dass selbst der regierungsnahe Ge-
neralanzeiger aus der Beamtenstadt Bonn Ihre Deutschland-Safari preist.
Falls Sie es noch nicht wissen - ein Redakteur namens Dietmar Kanthak
zählt zu Ihren Fans. Da kann doch etwas nicht stimmen, habe ich gedacht.
Hat der Sie womöglich mit Ihrem Kollegen *Seligman* (Koseform *Rafi*) verwechselt? Hat er nicht, und die Erklärung ist diese. Was dem Trio zu
Deutschland bisher eingefallen ist, liegt mehr oder weniger auf der offiziellen
Regierungslinie. Die kriegsführenden Mächte Israel und USA werden gelobt
und verteidigt, und die Friedensbewegten in Deutschland werden verspot-
tet. Das entspricht der offiziellen deutschen Politik. Und deshalb hat der

Generalanzeiger gelobt, wohl auch aus Erleichterung, denn normalerweise kommen vom Broder schärfere Töne.

Über das Drumherum Ihrer Deutschland-Safari habe ich nachgedacht und herausgekommen ist eine andere Art der Selbstinszenierung. Was halten Sie davon. Ich bin ein Fan von Lastenrädern. Ein Tragekorb vorne und ein stabiler Kasten hinten. Ich weiß, es hat einen schlechten Ruf. Zu Unrecht. Sie werden es zu schätzen wissen. Denn für alle drei ist genügend Platz, und kein Fahrzeug ist energiesparender, als ein durch Menschenkraft angetriebenes Fahrrad. In den hinteren Kasten würde der Kollege Abdel-Samad passen. Er wird sich dort, ohne Ihre Hilfe in Anspruch zu nehmen, hineinbegeben müssen, denn Sie sollten das Fahrrad in aufrechter Position halten. Das Hündchen wird im Tragekorb verstaut. Es wird Ihnen beim Fahren in die Augen sehen, und hoffentlich rechtzeitig herausspringen, sollten Sie mit dem Rad zu Fall kommen. Sie schwingen ihr ausgefahrenes rechtes Bein über den Kopf des Kollegen, erfassen mit dem Fuß die rechte Pedale, stützen das Gleichgewicht mit dem linken und drücken den mächtigen Teil ihres Körpers mit einem gewaltigen Ruck auf den Sattel. So aufgestellt, kurbeln Sie die kleinen Strecken in der Stadt umwelt- und gesundheitsschonend und können sich der ungeteilten Aufmerksamkeit der Herumstehenden sicher sein.

Bevor das ganze losgeht, müssen wir uns noch um Ihre Aufmachung kümmern. Ihrer Einstellung entsprechend, sollten Sie sich eine Kampfuniform ausleihen, sich all den Ballast umhängen, den ein Soldat im Einsatz so mit sich schleppt und in derselben Ihre Safari absolvieren, das wäre, Himmel nochmal, echt überzeugend. Leider kann ich Ihnen in diesem Punkt nichts Adäquates ausleihen. Meinen Kampfanzug habe ich schon vor Jahren wieder zurückgegeben. Kriegsminister *Guttenberg* wird aber sicher eine Lösung wissen.

Sollten Sie sich verletzt fühlen, dass ich Sie ohne Ihre ausdrückliche Zustimmung aufs Fahrrad gesetzt und in eine Uniform der Bundeswehr gesteckt habe, will ich für Verständnis werben. Nichts liegt mir ferner, als Ihren Zorn heraufzubeschwören. Andererseits darf ich davon ausgehen, dass Sie für Verletzungen viel Verständnis haben, sind jene doch die Mittel, mit denen Sie Ihre Artikel bestücken. Aber eines ist mir wie Schuppen von den Augen gefallen. Sie sind eigentlich ein ganz anderer. Ich glaube, Sie sind ein herzensguter Mensch, der niemandem etwas Böses will, solange er gemütlich durch Deutschland radelt und von heiteren Leuten gut Essen und Trinken bekommt.

Andrea Ypsilanti wollte Ministerpräsidentin von Hessen werden und versuchte, 2009 eine Minderheitsregierung aus SPD und Grünen, unter Duldung der Partei Die Linke, zustande zu bringen. Das gefiel fünf SPD-Landtagsabgeordneten ganz und gar nicht. Sie verweigerten Ypsilanti (Y) die Gefolgschaft, so dass dieser nichts anderes übrig bleib, als resigniert zurückzutreten. Wie aus berufener Quelle zu erfahren war, ist sie 2023 aus der SPD ausgetreten. Himmel, wie konnte sie nur so viel Sitzfleisch entwickeln. Dennoch: Glückwunsch!
Der stellvertretende Chefredakteur Lüke vom Generalanzeiger kommentierte die Ereignisse am 4.11. unter der Überschrift „Die Quittung" und am 11.11. unter „Ruinös". Hier ist meine Antwort:

Guten Morgen, Herr Lüke!

Musste das sein? In der heutigen Ausgabe des Generalanzeigers haben Sie Frau Y ein weiteres Mal heftig attackiert. Hat denn „Die Quittung" vom 4.11. nicht gereicht? Was wollen Sie dieser mutigen Frau noch alles antun? Am 4. April wurden von Ihnen vier Personen, die Foul gespielt haben, zu Helden der Demokratie gemacht. Sie hatten Frau Y zu Fall gebracht. Doch nicht genug damit. Diesmal fordern Sie von ihr den Verzicht auf alles, was ihr politisch lieb und teuer ist, wofür sie sich engagiert wie kaum eine andere in diesem Land, wofür sie gelitten und gekämpft hat und woran sie – leider – gescheitert ist.

Ich kenne Frau Y nicht. Bin ihr auch nie begegnet. Aber ich habe sie mehrfach im Fernsehen erlebt und das eine oder andere von ihr gelesen. Ihr Verhalten ist gradlinig, ihre Absichten sind ehrenwert, ihre Ziele sind zukunftsweisend. Sie ist in meinen Augen die Heldin, wenn auch eine tragische! Und wenn Tabula rasa, dann doch richtig: fordern Sie an gleicher Stelle den Rücktritt von Koch und anderen, die sich nachweislich Wortbrüchen und Unwahrheiten schuldig gemacht haben. Mögliche Unstimmigkeiten bei Frau Y sind im Vergleich zu den Machenschaften des ausgefuchsten Berufspolitikers völlig unbedeutend. Sie haben kein Gewicht, sind vermutlich aus Unerfahrenheit oder Unaufmerksam geschehen oder müssen der verräterischen Absicht vermeintlicher Vertrauten angelastet werden.

Ihre Ausfälle haben, wie ich annehme, einen ganz persönlichen Hintergrund. Sie kämpfen mit großer Erbitterung gegen alles, was man hierzulande gerne links nennt. Das können und dürfen sie. Aber als Journalist sollten Sie bedenken, dass Sie auch die andere Seite sehen müssen. Sie könnten sich z.B. fragen: was hat Frau Y bewogen, so und nicht anders zu handeln? Frau Y hätte Ihnen dafür sicher Rede und Antwort gestanden. Auch wenn es ihr, und dafür hat sie mein ganzes Mitgefühl, sehr schwer gefallen wäre, angesichts der bösen Sätze, die Sie aufs Papier gebracht haben. Im übrigen habe ich meine Meinung zur „Quittung" in Form eines Leserbriefes kundgetan. Dieser wurde leider nicht gedruckt. Ich habe 13 Leserbriefe am 8.11. im Generalanzeiger zu Ihren Ausfällen gezählt, 12 davon haben Sie und Ihren Beitrag gelobt. Was für ein bemerkenswerter Wettstreit der Meinungen, den Ihre Dialog-Redaktion da angezettelt hat.

———————

Guten Morgen, Herr Lindner! Erinnern Sie sich noch? Nein? Teufel nochmal, was ist da bloß los mit den Gedächtnis der Hochgestellten! Jetzt auch Sie? Schwamm drüber. Zu Weihnachten haben Sie von mir ein Geschenk erhalten; es war meine Analyse des Koalitionsvertrags. Da hinsichtlich Vorteilnahme unverfänglich, weil immateriell, darf ich davon ausgehen, dass Sie es angenommen und gelesen haben. Zur Erinnerung. Die Titelseite zeigt Sie, zusammen mit den drei anderen Dirigenten der „Ampel", als freundschaftlich verbundene Musketiere. Ist das nicht eine geradezu prophetische Vorwegnahme des aktuellen Ereignisses - die Protagonisten der amtierenden Regierung, siegesgewiss mit dem Degen in der Hand, bereit, kriegerische Auseinandersetzungen auszufechten? Natürlich, Ihre Partei geht mit der Zeit, versteht etwas vom modernen Kriegshandwerk; es werden nicht Degen, sondern Waffen aller Kaliber aufgekauft, transportiert und dem Verbündeten übergeben, in der Hoffnung, dass er damit den gemeinsamen Feind niederringe. Aber ich bin enttäuscht. Hatte ich doch einst, als Sie vor Jahren der Merkel-Regierung Ihre Teilnahme verweigerten und ich Ihnen dafür meinen aufrichtigen Dank übermittelt hatte, umgehend von Ihnen eine Antwort erhalten, die voll des Lobes war, verbunden mit der Bitte, mitzumachen bei Ihrer Partei der Meinungsfreiheit. Dazu ist es nun nicht gekommen. Aber hätte ich nicht auch diesmal, angesichts der umfänglichen Analyse des Koalitionsvertrags, die Ihnen eine Art „inneres Geländer" hätte sein könnte, eine Art von Rückmeldung verdient?

WikiLeaks

Wikileaks wurde 2006 als sogenannte Enthüllungsplattform gegründet. Es setzte sich zum Ziel, Informationsfreiheit zu realisieren. In Folge wurden geheime Dokumente der Regierungen veröffentlicht, die Erstaunliches und Schreckliches zu Tage förderten, darunter Dokumente über Kriegsverbrechen der USA in Afghanistan und Irak. Der Chef der Plattform, Julian Assange, wurde zum Feind der USA erklärt; Zeitungen und Politiker forderten die Todesstrafe. Er flüchtete zunächst nach London in das Botschaftsgebäude von Ecuador und wurde 2019 von dort ins Hochsicherheitsgefängnis verbracht. 2024 kam er auf Grund eines „Deals" frei. Er hatte diesem zugestimmt, weil er zu der Ansicht gelangt war, dass Gerechtigkeit in seinem Fall unerreichbar sei.

Assange hat unzählige Ehrungen erhalten; viele haben sich für ihn eingesetzt, ungezählte Artikel sind geschrieben worden, um ihn freizubekommen. Viele haben ihn und seinen Anspruch nach Informationsfreiheit unterstützt. Aber bei weitem nicht alle. Weder die Regierung unter Merkel noch die unter Scholz haben sich für ihn eingesetzt. In der deutschen Presse gab es Zustimmung zu Assange, aber auch Ablehnung. Letztere bringt Kolumnist Daniel Schreiber im Cicero gegen Ende des Jahres 2010 besonders deutlich zum Ausdruck. Meine Antwort:

Machen Sie Urlaub, Herr Schreiber!

Tun Sie, was Sie in ihrem Artikel „Wikileaks: Das Watergate der Gossip Girls" im Dezember 2010 angekündigt haben. Nehmen Sie Urlaub! Ich kann das aus Erfahrung nur unterstützen. Ein Urlaub schärft Ihre Sinne, und versetzt Sie in die Lage, zwischen ordinärem Klatsch und Wikileaks Veröffentlichungen zu unterscheiden. Letztere informieren, unter anderem, auch über die Machenschaften der amerikanische Politik, was niemand von uns (Sie möglicherweise ausgenommen) so je gehört bzw. gesehen hat. Und das eigentlich Brisante soll erst noch kommen. Im übrigen: wenn schon jetzt von Leuten in den USA die Todesstrafe für Assange gefordert wird (siehe NZZ von heute), mithin Assange zum Bin Laden des Internets hoch skaliert wird, dann ist klar, dass der Nerv der amerikanischen Dirigenten getroffen worden ist. Folgerichtig dürfen wir uns ja wohl noch auf einiges gefasst machen. Dann heißt es für Sie: besser wieder Urlaub machen. Damit Sie nicht Gefahr laufen, dass Ihre dann ausbrechenden Exaltationen, für alle sichtbar, zum Exanthem werden.

Informationen dank Wikileaks (GZ vom 13.12.10)
Wikileaks nimmt die Apologeten des Informationszeitalter beim Wort. Das
finde ich gut und notwendig. Wir erinnern uns: Vor etwa fünfzehn Jahren
wurde von den europäischen Regierungen mit großem propagandistischen
Aufwand der unbeschränkte Zugang zu den Daten und Dokumenten dieser
Welt angekündigt. Es war der Versuch, den schnelleren Computern und in-
telligenteren Programmen eine gesellschaftlich-politische Note zu verleihen.
Keiner der damaligen Wortführer (EU-Kommissar und FDP-Frontmann
Bangemann vorweg) hatte natürlich im Sinn, die Bürger über das, was sie
wissen sollten, aber nicht wissen konnten (weil der Zugang versperrt wurde), in Kenntnis zu setzen. Wir verdanken Wikileaks, dass sie die neuen
Möglichkeiten der Technik genutzt und Daten und geheime, sogar geheimnisvolle Dokumente öffentlich wurden. Dass diese nicht immer das halten,
was von Wikileaks im Eifer des Gefechts angekündigt und von den Medien
bereitwillig aufgeblasen wurde, sei ihnen uneingeschränkt nachgesehen.

Regierung Schröder

Deutschland Anfang 2000: Es gab viele, viel zu viele Arbeitslose. Man sprach
von mehr als vier Millionen. Es musste etwas Großes geschehen. Kanzler
Schröder präsentierte seine Agenda. Die Gewerkschaften erhoben sich und
gingen in Konfrontation. Sie befürchteten, dass es den Älteren und weniger
Vermögenden noch schlechter gehen würde. Auch in der eigenen Partei war
und blieb sie umstritten. Als die Gewerkschaften ihren Protest auf die Stra-
ße trugen, stellten sich hundert namhafte Ökonomen, darunter überwie-
gend Professoren, hinter Schröder. Ihre Stellungnahme nannten sie „Den
Reformaufbruch wagen“. Dazu gab es einen freundlichen Artikel im Gene-
ralanzeiger, überschrieben mit „Ökonomen stärken Schröder den Rücken“
vom 26.5.03. Der Artikel verursachte mehrere Leserbriefe, meiner wurde
nicht veröffentlicht. Hier ist er.

Schröders Wagemut
Wenn mehr als 100 „namhafte“ Professoren sich öffentlich äußern, deren
Arbeitskraft pro Jahr mit etwa 10 Millionen Euro aufgewogen wird, von
denen im übrigen jeder im Durchschnitt über drei bis vier Mitarbeiter ge-
bietet, wenn also solch eine gewichtige Gruppe zur „Agenda 2010“ aufruft,

sollte man Großes erwarten dürfen. Ich habe den Aufruf gelesen - und Kleines gefunden.

Was ich nicht verstehe, aber doch so gerne verstehen möchte: warum die Agenda 2010 neue Beschäftigung schafft, und wer wen wodurch reizen („Anreize") kann, damit den Klugen, Geschickten und Erfahrenen der Gesellschaft, die inzwischen etwas in die Jahre gekommen sind, wieder Arbeit gegeben werde - darüber erfahre ich nichts. Es hätte sich doch angeboten, nicht wahr, in dieses Statement der Wissenschaft das eine oder andere objektive Ergebnis einzuschleusen, so dass die als unumstößliche Wahrheiten getarnten Vermutungen verdaulicher würden. Vielleicht gibt es sogar Computer-Simulationen, die man hätte erwähnen können, die dieses ganze komplizierte gesellschaftliche System nachzubilden in der Lage sind, so dass man ohne Mühe und Kosten nach Belieben die Parameter ändern kann, um den ein oder anderen Effekt des „Kanzleraufbruchs" zu verdeutlichen. Es hätte sich doch angeboten, in aller Kürze natürlich, Analysen der massenhaft gesammelten Daten einzustreuen, Daten über Beschäftigung und Gerechtigkeit, um auf der Basis entsprechender Ergebnisse des Kanzlers Rücken zu stärken.

Wenigstens aber hätte man doch das Anliegen der Gewerkschaften lösen können. Diese werden von allen Seiten gescholten, zu Unrecht, wie ich finde. Sie wollen, wenn ich es recht sehe, wie übrigens viele andere auch, durchaus Veränderungen, aber sie wollen erklärt haben, (1) warum die Gruppe, der es nicht so gut geht, bluten soll, und die anderen, denen es gut geht, im wesentlichen ungeschoren davon kommen, und (2) ob die vorgeschlagenen Maßnahmen denn wirklich der Weisheit letzter Schluss sind, oder ob nicht jetzt „tabula rasa" angesagt ist: Beamten finanzieren in Zukunft ihre Pensionen und Krankenversorgung in gleicher Weise, wie das die Rentner tun, und die großen Vermögen werden, statt zu spekulieren, zur Schaffung von Arbeitsplätzen, Investitionen in die Bildung etc. herangezogen. Vielleicht ist das Unfug, die Gewerkschaften haben Unrecht, und die Professoren, Wirtschaftsweisen und Schröder haben Recht. Wenn dem so ist, sollte das nachgewiesen werden. Ich fürchte, der Nachweis wird nicht gelingen.

Nicht erst jetzt, auch um die Jahrtausendwende im Jahr 2000 und danach fehlten Computer-Spezialisten. Was in Großbritannien längst gang und gäbe war, sollte jetzt auch in Deutschland stattfinden: die Einwanderung von Arbeitskräften aus Indien. Meine Antwort:

Bundeskanzler aus Indien (GZ vom 14.3.2000)

Recht hat Christiane Ruß in ihrem Kommentar: Mehr als ein hastiges Löcher stopfen ist die Aktion „Greencard" sicher nicht. Im übrigen ist bei allen Zahlen, die auf den Markt geworfen werden , Vorsicht geboten. Große Zahlen sollen die Bedeutung ihrer Erfinder vergrößern. Wie viele Datenverarbeiter fehlen, weiß doch niemand. Jedenfalls ist mir keine entsprechende Erhebung bekannt, die nach den Regeln der Kunst verlässliche und überprüfbare Auskunft gibt. Auch die Angaben von Herrn *Jagoda* sind nichts anderes als Schätzungen, bei denen die Fehlerquote nicht angegeben ist. Dass ich nicht falsch verstanden werde: ich bin dafür, dass die Grenzen insbesondere für kluge Köpfe geöffnet werden. Unverbrauchte Intelligenz aus anderen Ländern würde uns hier in Deutschland ganz gewiss gut bekommen. Was aber den Informationsverarbeitern recht ist, sollte den anderen Sparten billig sein. Ich denke besonders an die Führungsriege aus Wirtschaft, Verwaltung und Politik. In diesen Bereichen herrscht für jedermann sichtbar, ein eklatanter Mangel an qualifiziertem Personal. Machen wir Nägel mit Köpfen: holen wir uns doch ganz einfach den nächsten Bundeskanzler aus Indien. Mit befristeter Aufenthaltserlaubnis, natürlich!

Eines der größten Bauunternehmen Deutschlands, eines der wichtigsten in der NS-Zeit, musste 1999 Insolvenz beantragen. Kanzler Schröder setzte sich für ein Rettungspaket ein. Und wurde vom Generalanzeiger dafür gelobt. Mein Kommentar:

Holzkopf Holzmann (GZ vom 4.12.1999)

Alle, nicht nur die Hofberichterstatter, sogar die gegnerischen Parteien, natürlich auch die Beschäftigten der in Bedrängnis geratenen Unternehmens, alle überschütteten Schröder mit Beifall. Der Tagesanzeiger spricht gar von Schröders Wende.

Was hat er nur getan? Er hat mit sicherem Instinkt die Chance genutzt, die ihm Holzmann und Banken offeriert haben. Schlappe 250 Millionen musste er einsetzen, und das noch nicht einmal aus der eigenen Tasche.

Die Sache war gut vorbereitet. Eine auflagenstarke Zeitung hatte die Banken schön weich geklopft, und das bevorstehende Weihnachtsfest tat sein übriges. Wie schnell es geht, und wie einfach es ist.

*Rennradsportler und Verteidigungsminister war er und vieles mehr, der
Rudolf Scharping, als er 2002 von Kanzler Schröder seines Postens ent-
hoben wurde. Er hatte, unter anderem, die Bundeswehr für private Flüge
genutzt, vor allem aber für die Zeitschrift* Bunte *posiert und glücklich, wie
er war, mit seiner Lebensgefährtin, einer bekannten Gräfin, im Swimming-
pool auf Mallorca geschäkert. Er hatte sich seines Lebens gefreut, derweil
die Bundeswehr sich zu gefährlichen Einsätzen rüstete. Mein Kommentar
dazu:*

Lasst Herrn Scharping seinen Titel!
Ehrlich gesagt, mich beunruhigt an der Affäre Scharping weniger, dass der
aufrechte Mann allem Anschein nach auf Kosten der Allgemeinheit fliegt.
Denn was dem einen recht ist, soll dem anderen billig sein: vor ihm haben
etliche andere, mitunter auch deutlich gewichtigere Politiker und Politi-
kerinnen nachweislich die kostbaren Fluggeräte der Bundeswehr zu ihrem
Vergnügen genutzt.
Nein, was mich beunruhigt, ist etwas ganz anderes. Wenn eines Tages niemand mehr vor Herrn Scharping die Hand zum Gruß anlegt, einfach weil er
aufgehört hat, Minister zu sein, was, um Himmels willen, wird dann Schar-
pings Gräfin tun? Womit eigentlich kann er ihr dann noch imponieren? Das
Problem betrifft nicht nur Scharping, sondern ganz viele andere Würdenträ-
ger: welche der schicken jungen Frauen würde eigentlich bleiben, wenn die
dreißig Jahre älteren Ehemänner ihre Titel und Orden verlören, wenn sie
nicht mehr Minister, Kanzler, Vorstandsvorsitzender, Präsident etc. wären,
sondern sich unvermittelt wieder hinten anstellen müssten? Deshalb plä-
diere ich dafür, dass Scharping noch eine Weile im Amt verbleiben möge.
Andernfalls verlöre er Posten und Gräfin, und in Folge gäbe es nicht nur
einen weinenden Ex-Minister, sondern womöglich auch noch einen depressi-
ven Ex-Liebhaber. Sollte die Gräfin Scharping glaubwürdig versichern, dass
sie auch nach dem Verlust der Ministerwürde noch zu ihm hält, würde das
die prekäre Situation grundlegend ändern und Schröder freie Hand geben,
seine Ministerriege neu zu sortieren.

Verschiedenes

Der philosophisch gebildete Publizist Alexander Grau *beklagt in der Frankfurter Allgemeine Sonntagszeitung vom 23.2.03 unter dem Titel „Mehr Disziplin für alle Disziplinen!" den mittlerweile populären Ruf nach Interdisziplinarität. Er vermutet darin eine weltanschauliche Haltung und wissenschaftliche Interessen. Er fordert statt dessen „Kontradisziplinarität" und besteht darauf, dass Kulturwissenschaft ohne Physik, aber Physik nicht ohne Kulturwissenschaft betrieben werden kann. Meine Erwiderung:*

Interdisziplinärer Forschung die Zukunft.

In einem kann ich den lesenswerten Herrn Grau beruhigen. Interdisziplinarität ist ein Modebegriff, der in zahlreichen Anträgen auf Forschungsgeld verwendet wird, in der Absicht, damit beim Förderer Erfolg zu haben. Das geht aber oft daneben. Die überwältigende Mehrzahl der mit staatlichen oder privaten Mitteln geförderten Forschungsprojekte, sowohl national wie europäisch, sind auf ein eng umschriebenes Forschungsgebiet ausgerichtet. Projekte, in denen mehrere Disziplinen versammelt sind, werden von den Gutachtern sehr kritisch gesehen. Diese sind in überwiegender Zahl Spezialisten ihres Fachs, die sozusagen aus ihrer Welt des Speziellen, die Anträge betrachten und bewerten. Was außerhalb ihrer Welt liegt, wird in schöner Regelmäßigkeit abgelehnt. Beweise? Fragen Sie nach den Gutachten, die bei der Deutschen Forschungsgemeinschaft archiviert sind. Sie werden des Hauses verwiesen werden.

Es gibt ein Problem – und das ist der Mangel an wahrhaft Fächer übergreifender Forschung. Eine Disziplin allein kann die heute zur Lösung anstehenden Alltags-Probleme, wie Verkehr, Krankheit, Konflikte, Wachstumsprozesse und Katastrophen, oder die gesamte Problematik rund um die Erderwärmung, wo Natur- und Lebenswissenschaften miteinander wechselwirken, nicht bewältigen. Dazu bedarf es, in der Tat, der konzertierten Aktion der verschiedenen Wissensgebiete. Im Übrigen ist die von Grau befürchtete Vermischung von Kultur- und Naturwissenschaften nicht weder aktuell noch sachgemäß. Im Gegenteil – es bedarf der gegenseitigen Hilfestellung, um die Kluft zwischen den beiden großen Wissensblöcke zu verringern. Das wiederum ist unabdingbar, damit der Aspekt der Kompatibilität nicht verloren geht: die Verträglichkeit der neuen Techniken mit Natur und Gesellschaft.

Andreas Sentker berichtet in Die Zeit vom 20.1.00 über ein Missgeschick, das dem Präsidenten der Fraunhofergesellschaft (mit vielfachen Doktortiteln geehrter Professor und Forscher) unterlaufen war. Er wollte in seiner Hauspostille berichten, wie das Neue in die Welt kommt, und hatte nicht bemerkt, dass er einen Aufsatz abgeliefert hatte, der weder von ihm noch zeitgemäß war – der Text war schon vor vierzehn Jahre erschienen. Das Image der hochangesehenen Gesellschaft war angekratzt, und der unglückliche Referent wurde verabschiedet. Dieser Vorfall war für mich, der ich einst Reden für wichtige Leute schreiben musste (und wollte) ein gefundenes Fressen. Hier ist mein Kommentar.

Die Ghostwriter (Die Zeit Nr.4)
Andreas Sentker hat ein in der Tat wohlbekanntes, aber selten eingestandenes Dilemma öffentlich gemacht. Dass in seinem Beitrag der Präsident der Fraunhofergesellschaft dran glauben musste, erscheint aber eher etwas willkürlich.

Sentners Spieß hätte gleichermaßen einen anderen, jemanden aus der Riege der zahlreichen Präsidenten unseres Landes treffen können. Immer wieder werden diese um schriftliche oder mündliche Beiträge gebeten, um so der geplanten Veranstaltung oder Publikation mehr Gewicht zu verleihen. Selten geht die Rechnung auf. Meistens wird das so lästige Altbekannte und Entbehrliche verlesen oder geschrieben. Denn die Schreiberlinge, die für die Vorsitzenden unserer Gesellschaft, also für Minister, Präsidenten, Generalsekretäre, Kommissare, Kanzler, Rektoren und Direktoren die Arbeit tun, sind in aller Regel nicht klüger als diese. Wären sie es, würden sie sich schleunigst einen anderen Job suchen.

Stellvertretend für die ungezählten „Talkshows" von Maybrit Illner möge diese Beschreibung stehen:
Wiedersehen mit Betagten (2.12.10)
Jede Woche Illner, jede Menge Bekenntnisse. Himmel, wie oft noch wird sich das wiederholen? Diesmal wird der einstige MP des Schwabenlands *Späth* aus dem Keller geholt und neben eine Attac-Deutschland Aktivistin gepflanzt, einem konvertierten CSU-Bürgermeister Redeerlaubnis erteilt, der neuerdings unvermeidliche *Brüderle* neben *Illner* platziert und zu meiner Überraschung, vielleicht auch Erleichterung, die Grünen-Ikonin

Roth gegen die Grünen-Ikone *Trittin* ausgewechselt. Ich weiß nicht, wer am hartnäckigsten die Nerven strapaziert. *Trittin* mit seiner schon des längeren zu beobachtenden staatstragenden, gönnerhaften Attitüde, voll des versteckten Lobes für sich selbst („hier sitzt einer. . . ") oder Brüderle, dessen Mainzer Kauderwelsch eigentlich einen Übersetzer erforderlich macht, oder Illner, die sich akrobatisch zu verbiegen weiß und in der Verbiegung ihren Charme spielen lässt; im übrigen den alten Wein, der von ihren Mitstreitern serviert wird, immer wieder in neue Schläuche umzufüllen versucht. . . Schließlich der alte Scharfmacher *Geissler*, von Illner zum Genie erhoben, hoch über den Anwesenden schwebend, denn er hat die widerspenstigen Stuttgarter Bahnhofsrevoluzzer gezähmt und die „Schlichtung" als probates Mittel verkauft, um Unbotmäßige zur Vernunft zu bringen. Das war mir dann doch zu viel, da hab ich mittendrin einfach abgeschaltet. Und habe gelobt, zu dieser Zeit, an diesem Ort nie wieder einzuschalten. Darauf hoffend, dass sich der Talk eines Tages selbst abschafft (was bis zum heutigen Tag nicht gelungen ist).
Nachsatz: Natürlich habe ich mein Gelübde nicht eingehalten. Man bittet um Nachsicht.

Immer mal wieder wird der Stau auf den Autobahnen thematisiert. Üble Erfahrungen sind mit ihm verbunden. Gegen ihn scheint kein Kraut gewachsen. Aber es wird gerne über ihn geschrieben. So geschehen im GZ vom 1.4.2000 unter dem Thema „Der aussichtslose Kampf gegen den Dauerstau". Hier ist meine Antwort.

Auf dummen Autobahnen in die Zukunft? (GZ vom 10.4.2000)
Vor den NRW-Wahlen werden mancherlei Probleme aufgekocht, so auch wieder einmal der Verkehr. Man setzt vor allem auf Baumaßnahmen, wie etwa zusätzliche Straßen, größere Flugplätze oder neue Bahntrassen. All das kostet sehr viel Geld, und all das wird höchst wahrscheinlich noch mehr Verkehr, mithin noch drastischere Engpässen zur Folge haben.
Dabei ließe sich, was den Straßenverkehr betrifft, durch intelligente Informationssysteme so mancher Stau vermeiden. Denn gemessen an dem, was heute die Welt der Datenautobahnen bietet, sind ihre materiellen Protagonisten, die Autobahnen, schrecklich veraltet. Sie sagen uns nicht, was vor oder hinter uns passiert, noch sagen sie uns, wie wir uns geschickt, sicherheitsbewusst und soweit wie möglich umweltschonend durch das Labyrinth der Wege bewegen können. Sie sind schlicht und einfach zu dumm dafür.

Da der Verkehr oft sehr dicht ist und diese große Dichte den Verkehr zusammenbrechen lassen kann, brauchen wir Informationssysteme, die einerseits über die aktuelle Verkehrslage zuverlässig informieren, andererseits über deren wahrscheinliche Entwicklung Auskunft geben. Solche Informationen müssen alle Möglichkeiten der heutigen Kommunikation ausschöpfen, also sowohl als Bild, wie auch als gesprochene oder geschriebene Nachricht, über Radio, Internet, Telefon oder Fernsehen, zur Verfügung gestellt werden. Alle: die Rundfunkanstalten, die falsche Staumeldungen halbstündig verbreiten; die Verkehrsplaner, die mit falsch programmierten Geschwindigkeitstafeln (siehe z.B. A4 Köln-Aachen) den Verkehr ins Stocken bringen; die Automobilfirmen, die neuerdings Routenplaner zu viel Geld anbieten, die aber kaum über den aktuellen Verkehr, noch über dessen zukünftige Entwicklung informieren; die Forschungsförderer, die das Geld in die Deutsche Gesellschaft für Luft und Raumfahrt stecken, statt die wissenschaftlichen Kapazitäten im Raum Aachen-Köln-Bonn nutzen – sie alle sind nicht in der Lage, ein vernünftiges Management des Straßenverkehrs, geschweige denn dessen einigermaßen zuverlässige Prognose, in Gang zu bringen.

Gerade weil NRW ein dichtmaschiges Autobahnnetz hat, bietet es sich an, in Alternativ-Routen zu denken. So könnten Herr Möllemann und Clement auf ihren Werbetouren sogar etwas Vernünftiges versprechen: Sie könnten, beispielsweise für Bonn, ein öffentlich finanziertes Verkehrsrechenzentrum propagieren, das ähnlich wie das Deutsche Klimarechenzentrum in Hamburg, die erforderliche Forschung und Entwicklung zum Teil selbst betreibt, zum Teil bündelt und diese, ähnlich wie beim Deutschen Wetterdienst, in eine zukunftsweisende Dienstleistung für die Autobahnen umsetzt. Dafür müsste man noch nicht einmal ein Haus bauen, das ließe sich auch virtuell, durch vernetzte Universitäts- und Industrieforschung, umsetzen. Die erforderlichen wissenschaftlichen und finanziellen Anstrengungen dürften sich im Rahmen halten. Denn vieles von dem, was für den Straßenverkehr gut sein sollte, ist in anderem Zusammenhang längst state-of-the-art. Die jenseits der Grenzen der Verkehrswissenschaften entwickelten Verfahren und Techniken müssen an die Verkehrsumgebung angepasst werden. Das ist keine geringe, aber es ist, so scheint es, eine lösbare Aufgabe. Sie sollte im Zuge des Wahlkampfes endlich ernsthaft in Angriff genommen werden.

Studentengeschichten

Über die Max-Planck-Gesellschaft
Eintritt und Austritt
Höhen und Tiefen in einer kleinen Stadt

Anfang der siebziger Jahre regte sich auch in der Max-Planck-Gesellschaft bei den Mitarbeitern das Bedürfnis, den Produktionsprozess der wissenschaftlichen Arbeit mitzubestimmen. Sie trafen sich, diskutierten und verfassten eine Reihe von Thesen, die den leitenden Organen der MPG überreicht wurden. Das Aufbegehren versandete dann aber recht schnell, sobald die Mitarbeiter gewahr wurden, dass durch unbotmäßiges Verhalten ihre Karriere in der MPG oder anderweitig in Gefahr geraten könnte. Drei von den Unruhestiftern, allesamt Physiker, waren weniger ängstlich. Sie gaben sich mit den Thesen nicht zufrieden und machten sich ans Werk, die Angelegenheit weiter zu verfolgen.
Einer davon war ich, Stipendiat der MPG. Die beiden anderen waren weit älter als ich und gestandene Wissenschaftler: Helmut Kopka, lange Zeit Mitglied des Betriebsrats der MPG, Theoretiker und Praktiker, später angesehener Buchautor zum Textsystem LaTex[1], sowie Arnd Wülfing, ein Theoretiker, dessen wahres Hobby die Philosophie war. Ich glaube, wir waren richtig gute Freunde. Wir arbeiteten alle drei in dem MPI für Aeronomie[2] und beschäftigten uns mit den Eigenschaften und Gesetzmäßigkeiten der Ionosphäre und Magnetosphäre, dem äußeren Teil des magnetischen Feldes der Erde. Diese eher blutleere Tätigkeit verlangte nach Abwechslung. So kam uns der „Aufstand" der Mitarbeiter gerade recht. Wir waren entschlossen, komme was wolle, die gesellschaftliche Bedeutung der MPG herauszufinden. Das Unternehmen stellten wir unter den (für die damalige Zeit typisch „marxistischen") Titel „Die Ideologie der MPG". Nach vielerlei Recherchen und Blättern in den Annalen, Diskussionen mit Kollegen aus anderen Instituten, insbesondere dem MPI für Geschichte, produzierten wir

---

[1]Dieses Buch wird mit LaTex erstellt.
[2]heute: Max-Planck-Institut für Sonnensystemforschung

einen dreißig Seiten umfassenden Artikel. Dieser wurde 1972 in den „Blättern für deutsche und internationale Politik" veröffentlicht. Wir haben nie erfahren, ob der Präsident oder andere aus dem Vorstand der MPG davon gewusst, geschweige denn darin gelesen haben. Die Soziologen in der MPG behandelten den Artikel mit erwarteter Herablassung, wollten gleichwohl nicht verbergen, dass einiges daraus auch von Soziologen hätte geschrieben sein können (aber nicht geschrieben worden ist). Aus dem Artikel habe ich die ersten drei Seiten (aber nur wenige der überaus zahlreichen Fußnoten) abgetippt.

Volker Jentsch, Helmut Kopka und Arnd Wülfing

Ideologie und Funktion der Max-Planck-Gesellschaft

136

Argumente zur Zeit
Sonderdruck aus
„Blätter für deutsche und internationale Politik"
Heft 5/1972
prv   Pahl-Rugenstein Verlag · Köln

Ideologie und Funktion der MPG

„Die Max-Planck-Gesellschaft braucht keine Diskussion nach innen und außen zu scheuen", erklärte Adolf Butenandt[3] auf der Festversammlung der

---

[3]Butenandt, Adolf, Dr. phil., Dr. h. c., Präsident der Max-Planck-Gesellschaft (bis 1971), Mitglied des Aufsichtsrats der Farbenfabriken Bayer AG, Vor-

Max-Planck-Gesellschaft in Berlin am 25. Juni 1971. Das Wort des Präsidenten ermutigt uns. In der Tat: Die Diskussion dieser Institution rechtfertigt sich durch deren Bedeutung. Die Max-Planck-Gesellschaft zur Förderung der Wissenschaften e. V. besteht gegenwärtig aus 1296 fördernden und 175 wissenschaftlichen Mitgliedern; sie unterhält 52 Forschungsinstitute mit insgesamt etwa 10000 Beschäftigten (davon 2000 wissenschaftlichen Angestellten und 2000 Stipendiaten). Ihr Jahresetat hat inzwischen den Betrag von 472 Mio. DM überschritten, wovon über 90 % staatlicherseits zugeschossen werden.

Im Juni letzten Jahres schrieben die Vertreter der wissenschaftlichen Mitarbeiter in ihre 1. Arnoldshainer These zur Reform der Max-Planck-Gesellschaft (MPG): „Die gegenwärtigen forschungspolitischen Präferenzen in der Max-Planck-Gesellschaft sind weitgehend bestimmt durch partikulare Wirtschafts- und Karriereinteressen." Dieser Satz verletzte Geschmack und heile Vorstellung der wissenschaftlichen Honoratioren der MPG.[4] Butenandt reagierte stellvertretend für alle, die sich betroffen fühlten: „Die... (in Arnoldshain) ... Anwesenden haben eine Reihe von Thesen verabschiedet, in denen sie ihre Vorstellungen zur Reform zum Ausdruck bringen. Ich hätte mir gewünscht, dass diese sogenannten Thesen, soweit sie die gegenwärtigen Verhältnisse in unserer Gesellschaft darstellen, der Wirklichkeit besser Rechnung tragen und nicht aus völliger Unkenntnis oder aus rein ideologischen Vorstellungen von falschen Voraussetzungen ausgehen würden".

Erkundigen wir uns also bei Herrn Butenandt nach den wahren Voraussetzungen: „... dass alle unsere Institute, ich darf sagen, zwangsläufig entstanden sind; mehr als ein Dutzend zum Teil wertvolle Projekte haben wir

standsmitglied des Stifterverbandes für die Deutsche Wissenschaft, Mitglied von Senat, Hauptausschuss, Kuratorium und Senatsausschuss für Sonderforschungsbereiche der DFG, Träger vielfältiger Ehrendoktor- und Ehrenbürgerwürden, Ordensauszeichnungen der BRD und anderer Länder. Nobelpreis 1939. (Der Senat wählte einstimmig (!) Prof. Dr. Lüst, Dir. Inst. für Extraterrestrische Physik am MPI für Physik und Astrophysik (und einziger Kandidat dieser Wahl), am 19. 11. 1971 zum neuen Präsidenten der MPG.)

[4]Wobei wesentlich der Bezug auf „Partikulare Wirtschaftsinteressen", weniger der Vorwurf der Karriereinteressen, Empörung auslöste. Denn „die Hälfte aller wissenschaftlichen Mitarbeiter verschleißen sich in dem Kampf um ihre Karriere" (so der sinngemäße Ausspruch eines wissenschaftlichen Mitgliedes aus dem MPI für Psychiatrie in München, in einer Fernsehsendung von Radio Bremen).

abgelehnt und niemals auch nur einen Augenblick darüber nachgesonnen, welche neuen Institute wir etwa noch gründen könnten, sondern wir haben neue Institute nur unter dem Druck wissenschaftlicher und wirtschaftlicher Notwendigkeit ins Leben gerufen..."

Untersuchen wir also den „Druck wissenschaftlicher und wirtschaftlicher Notwendigkeiten" genauer: Welche Interessen wirken in der MPG?

Wir beginnen unser Vorhaben von der historischen Seite: In Kapitel 2 werden einige der Entstehungsbedingungen der MPG angegeben. Die Kapitel 1 3, 4 und 5 vermitteln drei Ebenen, über welche Art, Umfang und Wirkungsweise der Interessen in der MPG abgeleitet werden sollen. Kapitel 3 behandelt den Einflussbereich und die Funktionsverteilung des Staates und der Privatwirtschaft in der MPG. Kapitel 4 beschreibt die typischen Bewusstseinsformen des Präsidenten und des Wissenschaftlichen Rates sowie die bislang vorhandenen Vorstellungen von einer Umstrukturierung der MPG. Kapitel 5 behandelt einige Aspekte zur Charakterisierung der wissenschaftlichen Mitarbeiter (Klassen- und Bewusstseinslage) und stellt die Reformabsichten dieser Gruppe vor. Kapitel 6 resümiert die Ergebnisse und nennt Möglichkeiten politischer Konsequenzen.

Zur Entstehung der KWG

Die MPG verdankt ihrer Vorgängerin, die sich Kaiser-Wilhelm-Gesellschaft (KWG) nannte, wissenschaftliche und organisatorische Traditionen. Die Gründung der KWG (11. Januar 1911) war das Ergebnis verschiedener Interessen.

Die ständig zunehmende Tendenz der Verwissenschaftlichung der Produktion um die Jahrhundertwende erfordert die beträchtliche Ausweitung von produktionsbegleitender Forschung. Die „Monopolbourgeoisie" drängt danach, „neue Institute zur Erweiterung der wissenschaftlichen Grundlagen vor allem in der Chemie (Kohlenforschung), technischen Physik und Elektrotechnik einzurichten, ohne das erforderliche Kapital selbst vorschießen zu (können) – die notwendige Entfaltung der Produktivkräfte war selbst im Rahmen der potentesten kombinierten Kapitale nicht mehr zu bewältigen".

Die Absichten des deutschen Großkapitals begegnen den Interessen der adligen Ministerialbürokratie, des Militärapparates und des Kaisers, denen die Erweiterung der Forschung „als notwendiger Bestandteil des innen- und außenpolitischen Machtarsenals des wilhelminischen Deutschlands", wenn nicht gar als Möglichkeit dient, die Benachteiligungen zu kompensieren, die Deutschland bei der „Aufteilung der Welt" unter den imperialistischen

Mächten erfahren hat.

Die Wissenschaftler erstreben die materielle und personelle Erweiterung ihrer begrenzten Universitätsinstitute im Zuge einer raschen Expansion und einer zunehmend arbeitsteiligen und interdisziplinären Organisation der Wissenschaft. Dass die zu schaffende wissenschaftliche Institution Gefahr läuft, von „Clique und Kapital" abzuhängen, wird teilweise erkannt, der mögliche Konflikt freilich durch die Forderung eingeebnet, dass man herausfinden müsse, „Wie der beste Weg zwischen der Tyrannei der Masse und der Bürokratie einerseits und der Clique und dem Geldbeutel andererseits gefunden wird".

Adolf von Harnack[5] versucht, das subjektive Verlangen der Wissenschaftler dadurch zu befriedigen, dass er Wünsche und Absichten der Bourgeoisie, des Kaisers und der Wissenschaftler in einer Denkschrift benennt und aufeinander abstimmt: „Die Wissenschaft ist in ihrer Ausbreitung und in ihrem Betriebe an einem Punkt angelangt, an welchem der Staat allein für ihre Bedürfnisse nicht mehr aufzukommen vermag. Eine Kooperation des Staates und privater kapitalkräftiger und für die Wissenschaft interessierter Bürger ist ins Auge zu fassen; denn in ihr allein ist die Zukunft der wissenschaftlichen Forschung nach der materiellen Seite hin verbürgt".

Dass die Absicht Harnacks, die vermögende Industrie vor den Karren der Wissenschaft zu spannen, die gesellschaftlichen Verhältnisse auf den Kopf stellt, beweist gerade die Satzung der KWG: Das Kapital beherrscht ihre entscheidenden Organe. Mitgliedschaft und Funktionen in der sich privatrechtlich organisierenden Gesellschaft sind an hohe finanzielle Aufwendungen gebunden. In den entscheidungsrelevanten Organen des Vereins halten Vertreter der Finanz- und Industrieoligarchie eindeutige Mehrheiten.[6]

Das mit der Gründung der KWG festgelegte Einflussschema erfährt seine

---

[5] Adolf v. Harnack, Präsident der KWG von 1911 bis 1930.

[6] Der Gründungsrat der KWG wird am 11.1.1911 durch Akklamation gewählt und besteht ausschließlich aus Vertretern des Finanz- und Industriekapitals, darunter Gustav Brüning (Generaldirektor Farbwerke Hoechst), Ludwig Delbrück (Bankier), Krupp von Bohlen und Halbach, Wilhelm von Siemens. Der Verwaltungsausschuss wird am 23.1.1911 vom Senat gewählt und besteht aus zwei Wissenschaftlern (v. Harnack und Fischer) sowie fünf Vertretern des Kapitals bzw. des Staates: Krupp von Bohlen und Halbach, Ludwig Delbrück, Franz von Mendelsohn (Generalkonsul), Dr.von Boettinger (Geheimer Regierungsrat) und Eduard Arnhold (Geheimer Kommerzienrat). (Alle Angaben aus: „50 Jahre KWG/MPG", ebd., S.122 und 135.)

stetige Fortsetzung in ihrer Nachfolgeorganisation, der MPG.[7] Gleichwohl sind charakteristische Modifikationen zu verzeichnen. Sehen wir folglich nach, auf welche Weise und in welchem Umfang sich Interessendispositionen des Staates und der Privatwirtschaft in der MPG konkretisieren.

Einflussbereiche und Rollenverteilung

Einen ersten Zugang zu der zuletzt genannten Problematik vermittelt ein relativ grobes analytisches Muster, das sich nach Hirsch in zwei Ansätze gliedert[8]: a) „Eine detaillierte Untersuchung der personellen Zusammensetzung der wichtigsten Lenkungsorgane mit den dabei feststellbaren Interessenverflechtungen und Einflussmöglichkeiten"; b) „Eine kritische Beurteilung der Ergebnisse wissenschaftspolitischer Willensbildungsprozesse anhand bestehender Programme und Maßnahmen."

Wir prüfen in gesonderten Betrachtungen die Wirkungsmöglichkeiten des Staates und der Wirtschaft in der MPG. Dabei wird der Ansatz b) wegen der Geheimhaltungspraxis der MPG notwendig verkürzt ausfallen.

---

[7]Daten zur Gründung der MPG: Die Gründungsmitglieder versammeln sich am 26.2.1946 in Göttingen; lt. Beschluss der Hauptversammlung vom 6.4.1950 wird das gesamte Vermögen der KWG auf die MPG übertragen, am 2l. 6. 1960 wird die KWG aufgelöst.

[8]Vgl. J. Hirsch. Wissenschaftlich-technischer Fortschritt und politisches System, Frankfurt 1970, S. 199.

Kündigung des Militärdienstes

Nach dem Abitur stand der Wehrdienst vor der Tür. Ich habe die teils lächerliche, teils unwürdige, höchst ineffektive Prozedur zwei Jahre ausgehalten. Dennoch würde ich die Zeit nicht als „verloren" bezeichnen. Immerhin festigte sich meine Überzeugung, alles Militärische als die extreme Form von Gewalt zu erkennen. Und folglich abzulehnen. Der Brief an den damaligen „Oberbefehlshaber", Jahre später, war die Folge.

Februar 1969
An den Bundesminister der Verteidigung, Herrn Dr.Gerhard Schröder

Sehr geehrter Herr Minister!
Spät, aber doch wohl nicht zu spät, wende ich mich an Sie. Ich teile Ihnen mit, dass ich jedwede Form von weiterer Wehrpflicht ablehne. Meine Gründe, die mich zu dieser Entscheidung bewegen, habe ich der Übersicht halber in Form einer Liste dargestellt. Ich lehne ab:

- Ihre Forderung nach erhöhten Verteidigungsausgaben und forcierter weiterer Aufrüstung, um angeblichen Sicherheitsbedürfnissen der westdeutschen Bevölkerung angesichts der sowjetischen Intervention in der CSSR zu genügen;

- Ihre negative Einstellung zum Atomwaffensperrvertrag;

- Den Artikel 87a (4) des durch die Notstandsverfassung erweiterten Grundgesetzes, welcher den Einsatz der Streitkräfte „Bei der Bekämpfung organisierter und militärisch bewaffneter Aufständischer" vorsieht;

- Die in der Truppe geübten Unterdrückungsmaßnahmen gegenüber Soldaten, die nach Antritt ihres Wehrdienstes Antrag auf Kriegsdienstverweigerung gestellt haben und die diesen sehr wohl glaubwürdig zu motivieren wissen – Vorgänge dieser Art wurden aus Presse- und persönlichen Darstellungen bekannt;

Ich stelle in Frage:

- Die Existenz einer (zumindest zahlenmäßig) außerordentlich starken westdeutschen Wehrmacht, die ihren Beitrag dazu leistet, Ausgleich und Entspannung in Europa und der übrigen Welt unmöglich zu machen bzw. den kalten Krieg bis auf unübersehbare Dauer zu zementieren;

- Das Prinzip der Wehrpflicht, die weder militärische noch politische Sicherheit, sondern eher deren Verunsicherung meint; die überdies eine menschenunwürdige Nuance aufweist;

- Die seit Jahren und für Jahre hinaus andauernde Belastung des Staatshaushaltes durch circa 19-22 Milliarden Mark, die vor allem dann nicht gerechtfertigt erscheint, wenn man sich die permanente Katastrophe im Bildungswesen und die beträchtlichen Mängel in den staatlichen Sozialleistungen und der Infrastruktur von Städten und Gemeinden vergegenwärtigt.

Ich bin für Gewaltlosigkeit und gegen:

- Das Prinzip der Gewalttätigkeit, das jeder militärischen Formation zu eigen ist, wie auch immer geartete Konflikte zwischen den Völkern militärisch zu lösen,

Darüber hinaus gebe ich zu bedenken:
Die Unterhaltung der Streitkräfte in ihrem augenblicklichen Umfang und Status (Wehrpflicht) ist politisch wie militärisch sinnlos. Ich halte ein Berufsheer, das die konventionellen Aufgaben einer Schutztruppe (Wahrung der staatlichen Souveränität, Schutz der Grenzen) versieht, für die bessere Lösung. Sie, Herr Minister, haben der deutschen Bevölkerung den Beweis (noch) nicht geliefert, daß für die Sicherheit unseres Landes 450000 Soldaten und nicht, wie zu folgern, allenfalls 150000 notwendig sind.
Militärische oder paramilitärische Einheiten dürfen nur im äußersten Fall (wenn zum Beispiel die Rechtsaußen die Regierung übernehmen wollen) zur Bekämpfung sogenannter innerer Unruhen eingesetzt werden. Einige ihrer Generäle haben in Sandkastenspielen gezeigt, wie Sie mit Demonstrationen verfahren, die von kritischen Bürgern initiiert werden: sie werden niedergeschlagen ...
Ihnen all dieses zu übermitteln, Herr Minister, verlangt meine Pflicht als Bürger dieses Staates, darüber hinaus die Pflicht als Reservist der Bundeswehr, in der ich zwei Jahre lang diente und nach dem Willen Ihres Vorgängers und jetzigen Bundestagspräsidenten, Herrn Hassels, zum Leutnant ernannt wurde (Meine Personalakten sind, soweit sie sich nicht bereits in den Händen der Nachrichtenpolizei befinden, im zuständigen KWEA einzusehen).

Ich sehe mich aus den obengenannten *politischen* und *ethischen* Gründen nicht in der Lage, guten Gewissens meinen Eid auf „Verteidigung von Recht und Freiheit" der Bundesrepublik zu leisten.

Angesichts der gravierenden Einwände, die ich Ihnen vorgetragen habe, muß ich jegliche Form weiterer Wehrpflicht ablehnen.

Ich bitte Sie, mich gemäß Artikel 4 des GG als Kriegsdienstverweigerer anzuerkennen.

Nachschrift: *Viele Monate später wurde ich aufgefordert, die bei mir verbliebenen Kleidungsstücke aus Bundeswehrbeständen zurückzugeben. Dem kam ich gerne nach. Außerdem wurde mein Name, wenn ich richtig erinnere, aus der Reserve gelöscht. Vermutlich auch mein einst schwer erworbener Dienstgrad. Im Übrigen erinnert vieles aus der damaligen Zeit an heute. Ein pikanter Sidekick ist die „Kriegstüchtigkeit", die führende Politiker verlangen. Wenige von ihnen (Ausnahme: Minister Pistorius, der Erfinder des Wortes) waren oder sind kriegstüchtig. Viele Prominente, die heutzutage laut mit der Faust auf den Tisch oder in die Luft schlagen und mehr Waffen, große Waffen fordern, waren einst Kriegsdienstverweigerer. Sie hier aufzulisten, möchte ich mir nicht antun.*

In die SPD

November 1969. Ich werde Mitglied. Kann das sein? Angesichts der jüngsten Vergangenheit dieser Partei ist das doch eher absurd. Denn es war die SPD, die

- sich zur großen Koalition überreden ließ
- im Mai 68 für die Notstandsverfassung stimmte
- eine bundesdeutsche Vorbeuge-Haft konstruierte
- mit Hochschul-Ordnungsrechten liebäugelte
- von Mehrheitswahlrecht sprach, um die 2-Parteien-Oligarchie abzusichern
- Parteiausschlussverfahren praktizierte (Berlin u.s.w.)
- streikenden Arbeitern im September 69 ihre Unterstützung versagte
- dem studentischen Protest nichts anderes entgegenzusetzen hatte als die Forderung nach Ruhe und Ordnung
- Arm in Arm mit CDU und CSU sogenannte radikale Minderheiten diffamierte.

Inzwischen hat sich aber einiges geändert.

Die Wahlentscheidung vom 28.95.69 der Wahlberechtigten deutet auf ein gelindes Maß an Politisierung, das nicht zuletzt zurückzuführen ist auf die massenhaften Protestaktionen seitens der Hochschulen, auf die entstandenen Bürgerinitiativen im sozialem Bereich (Aktion „roter Punkt" u.s.w.) und die verschärften Bestrebungen der Reaktion (NPD - CDU/CSU Bündnis-Ideologie, siehe Präsidentschaftswahl Berlin März 69, denke an Richard Jaeger's „Landgraf, werde hart" u.s.w.)
Mit dem Votum für eine SPD-FDP-Koalition ist ein Anfang gesetzt, der längst aufgegebene Hoffnungen wiederbelebt und demokratische Initiative anfeuert. Die Kritik am System und ihren Machthabern ist darum aber nicht weniger notwendig geworden. Denn die Möglichkeiten, im Staat nach außen und innen zu reformieren, sind nach wie vor gering, der Auftrag des Volkes, die Aktionen der Volksvertreter zu kontrollieren, ist in unserem repräsentativen System kaum realisierbar.
Und dennoch oder gerade deshalb. Der 28.9.69 ist ein Signal der Hoffnung.

Es besteht Grund zur Annahme, daß auch die kritischen Bürger Gehör finden, nach Jahren der Ignorierung und Diffamierung. Es gilt, Bundeskanzler Brandt beim Wort zu nehmen. Wenn er in seiner Regierungserklärung vom 28.10.69 sagt: „Das Selbstbewusstsein dieser Regierung wird sich als Toleranz zu erkennen geben. Sie wird daher auch jene Solidarität zu schätzen wissen, die sich in Kritik äußert... wir suchen das Gespräch mit allen, die sich um diese Demokratie mühen... " müssen derartige Ankündigungen auf ihre konsequente Erfüllung überprüft werden. Als Student sympathisiere ich mit den (überwiegend) berechtigten Forderungen der studentischen Protestbewegung. Doch scheint mir, daß der Aufstand stagniert, seine Bedeutung abklingt. Vielleicht sogar im Untergang begriffen ist, weil sich die divergenten Gruppierungen durch blanken Aktionismus bekämpfen und zerlegen. Parolen wie „die Hochschule für den politischen Klassenkampf umfunktionieren" sind nicht zielführend, sie sind in einem gewissen Sinn sogar absurd. Angesichts dieser Situation gewinnt die Parteiorganisation, finanziell abgesichert, mit solider bürokratischer Ordnung, verbal und auch sonst zurückhaltend bis angepaßt in Sprache und Verhalten, wieder an Bedeutung.

Die Partei, sie lockt. Und hat irgendwie sogar recht. Der Weg zur Veränderung scheint, mehr denn je, über die Organisationen zu führen. Wenn Versprechungen wie „mehr Demokratie wagen, mehr Freiheit bieten und mehr Mitverantwortung fordern" ernst gemeint sind, wäre es närrisch, weiterhin im demonstrativen Anti zu verharren. Also versuch's ich mit der SPD.

Nachwort: *Wenn ich mich richtig erinnere, wurde ich bald nach meinem Eintritt Ortsvereinsvorsitzender einer Gemeinde nahe Göttingen. Doch das ging nicht lange gut. Nach einem Jahr zog ich mich zurück. Die Mehrheit im Verein war für Neues nicht zu haben. Drei Jahre später bin ich aus der SPD – natürlich nicht ohne Worte des Abschieds[9] – ausgetreten. Der Traum war ausgeträumt: Die SPD unter Helmut Schmidt, später unter Gerhard Schröder bot keine Perspektive.*

---

[9]Diese sind nicht mehr auffindbar. Sonst hätte ich sie hier wiedergegeben.

Schein und Widerschein

Ich habe einige Jahre in Clausthal gelebt und studiert. Clausthal ist ein Städtchen im Harz, umgeben von Wiesen, Fichtenwäldern und Teichen, letztere Relikte früherer Bergbaukunst. Dieser verdankte der Ort seine Bergakademie, die in den sechziger Jahren des vergangenen Jahrhunderts in „Technische Universität" umbenannt wurde. Gleichzeitig erweiterte sie ihr Studienangebot in Richtung Naturwissenschaft. Das bewog mich, von der Uni Göttingen, die den Anfänger mit dem Beweis mathematischer Theoreme traktierte (siehe „Mathematik-Übungen" weiter unten), nach Clausthal zu wechseln, wo der Schwerpunkt auf Rechnen und Praxis lag. Dort habe ich mein Studium der Physik und Geophysik bis zum Diplom absolviert.

Die Technische Universität war eine Männergesellschaft. Das Fächerangebot entsprach nicht den Neigungen der Frauen zu jener Zeit. Die Studenten organisierten sich zum überwiegenden Teil in einer der zahlreichen studentischen Verbindungen, darunter „Burschenschaften" und „Turnerschaften". Es waren „Kameradschaften" von gehorsamen Studenten mit konservativ-opportunistischer, durchaus auch nationalistischer Prägung. An Sonn- und Feiertagen sowie anlässlich diverser Festlichkeiten stolzierten sie in Uniform, Mütze und allerlei Anhängsel an Gürtel und Rock durch den Ort. Ein herausforderndes Relikt unguter Geschichte. Sie wussten sich unterstützt von ihren Vorgängern, den sogenannten „alten Herren", die ihnen in Gestalt einflussreicher Direktoren der Eisen-, Stahl- und Bergbauindustrie beim Eintritt ins Berufsleben behilflich waren. Was uns, die sich als die Progressiven verstanden, von den Verbindungen auf Abstand hielt, war vor allem ihr Comment: eine regelbasierte Verhaltensordnung, die von den Mitgliedern Unterordnung, Anpassung und je nach Satzung, sogar das Duellieren mit der Waffe vorsah. Wenn ich mich recht erinnere, war die Mehrzahl der Clausthaler Bevölkerung hochzufrieden, dass es diese Verbindungen gab. Die garantierten dafür, dass Clausthals Studenten „ordentliche" Studenten waren, die von den Protesten in den Universitäten nichts wissen wollten und lieber mit Bier und Gesang, nach vorgegebener Regel, in den Verbin-

dungshäusern feierten.

Es gab eine Studentenzeitschrift mit kleiner Auflage, der hatte man den lustigen Namen „Das Spitzeisen" verliehen (den ich damals nicht schön fand, heute aber für ausgesprochen einfallsreich halte). Ich wurde deren Herausgeber und schrieb den Artikel „Verbindungsfeuer". Hier ist er.

Verbindungsfeuer

Clausthaler Studenten-Zeitung 20 WS 1965 1

Meinen Anfang in Clausthal würde ich als einen glücklichen bezeichnen. Denn ich wurde von Herrn, wie hieß er noch? ich glaube *Sowieso* begrüßt. Der wortgewandte Kenner der Clausthaler Atmosphäre gab dieser eine neue Note: Mit großherziger Weltläufigkeit führte er mich ein ins Harzer Bildungsbergstädtchen. Das war in der Tat überraschend.

Hatte ich solches doch nicht erwartet.

Nun denn, es kam noch besser.

Nach unverbindlicher Plauderei bei Clausthaler Eiern und Kartoffeln wurde es verbindlicher. Das war im Verbindungshaus *Nirgendwo*. Man begrüßte mich mit freundlicher Geste, wenn auch nach fünfundzwanzig Händen, die sich mir eilfertig entgegenstreckten, meine Finger feuchter waren, als nach gerade durchlaufenem Oberharzer Dauerregen. Doch das war immerhin entschuldbar. Zeigte sich doch daran nur, mit welch glücklicher Ungewissheit man die Möglichkeit überschlug, ein neues Mitglied in die eigenen Reihen einzugliedern.

Es war auch alles sehr imposant. Das Kaminfeuer leuchtete in allerlei gelben und roten Tönungen, warf ungewisse Lichter auf Jungmänner-Profile und geheimnisvolle Schatten auf ehrwürdige Verbindungsahnen.

An Bier und Stühlen gab es keinen Mangel, an Gläsernem auch nicht, und schon gar nicht an Mützen und Bändern und farbenprächtigen Zipfeln, ähnlich denen, die am Gürtel des Herrn *Sowieso* baumelten.

Mich überkam ein erhabenes Gefühl, so als unbemützter und unbezipfelter, verbindungsloser junger Mann unter dieser Gruppe edler deutscher Corpsstudenten weilen zu dürfen. Wahrhaftig, ich merkte bald „hier war ich Mensch, hier durft ich's sein". Individualitäten waren gefragt! Weder Konformismus, noch Uniformismus. Der Verbindungsstudent mit eigenem Charakter.

Auf jeden Fall Gemeinschaft, dekoriert von Bier und Feuer, Farben und Bändern. Und wohlgesetzte Reden hörte ich, sie offenbarten wohlmeinende Gemüter. Das Vokabular des Herrn *Sowieso* war schlicht, bestand aus Klischees und war somit leicht verständlich. Aber es war eine Rede.

Nach einer Stunde Feierlichkeit, man könnte auch sagen gehobener Atmosphäre, fiel es mir wie Schuppen von den Augen.

(a) Einer steht für den anderen ein. Einer ist so wie der andere. Hier fühlt man sich sicher. Eintracht und Gleichschritt in Wort und Tat. Des Lebens pikante Note, Zweifel und Hader, Versuch und Irrtum, die gibt es hier nicht. Ein wohlgeordnetes Grüppchen, jeder darf davon ausgehen, dass er von einem stabilen Regelwerk durchs Leben geführt wird.

(b) Doch was macht die starke Hand, die den Säbel auf das Haupt des Kameraden schlägt? Oder mit dem Degen die Rangordnung ausficht? Zornentbrannt, wenn Eigenblut tropft, und triumphierend, wenn Fremdblut austritt? Einträchtigkeit, wo bist du geblieben ?

(c) Widersprüche dieser Art gehören zur Verbindungslogik. Es geht um gemeinschaftsbildende Werte, um lebenslange Kameradschaft. Charakterbildung. Festigkeit. Gesittetes Leben. Geradlinige Persönlichkeit. Ein ganzes Studienleben - und darüber hinaus wohl gar - nicht Karneval, sondern Kostümfest.

(d) Ach ja, ich kann leben, ohne mich selbst anzunehmen, physiologisch gesehen, wird deshalb nichts aussetzen. Aber das Innere, meine ich, das Individuelle, geht entweder dabei verloren oder kommt gar nicht zur Entwicklung. Zugeschüttet mit Bier, dekoriert mit den Insignien der Verbindung, geschützt durch die unverbrüchliche Gemeinschaft.

(e) Über das Politische will ich erst gar nicht reden. Die ist den alten Herren vorbehalten. Die jungen werden sie adoptieren.

Das Feuer bewarf mich mit Flammen, spitzen und stumpfen, gierigen und verschämten, hellen und dunklen. Hätte es tatsächlich für mich gebrannt, so hätte es, ich mag's nicht verschweigen, umsonst gebrannt.

Nachschrift. *Ist die Situation heute eine andere? Die TU nennt sich jetzt Uni im Grünen. Das ist doch was! Klingt ganz anders als Bergakademie. Soweit ich den Nachrichten entnehmen kann, hat sich die TU Clausthal inzwischen zu einer viel beachteten Forschungs-Universität entwickelt. Schwerpunkte sind jetzt Nachhaltigkeit im Bereich Materialien, Energie, Rohstoffe, Digitalisierung; man feiert in Jahr 2025 250 Jahre Clausthaler Hochschulgeschichte. Ja, wenn ich noch mal jung wäre, würde das Studium dort womöglich ganz anders verlaufen. Ja, wenn...*

Suleika

Margaret Jacobs und Will Quadflieg lasen am 29. November 1965 im Hörsaal des neu erbauten Physikalischen Instituts aus Goethes West-Östlicher Diwan. Ich war begeistert. Im Überschwang der Gefühle entstand eine Liebeserklärung. Hier ist sie, leicht redigiert.

Nicht auf die Bühne trete ich, auf die Teppich belegte, in der mir eigenen Bescheidenheit bleibe ich am Platz, dem Hörersitz aus Holz. Ich glaube es ist besser so; man sieht mich nicht und hört mich nicht, und so geschützt darf ich's wohl wagen – zu schreiben, was mich hat verlockt: es ist Margaret Jacobs, es sind ihre Schönheit, ihre Gesten und die Ästhetik ihrer Lesekunst. Sie ist der phantastische Lichtschein dort unten, ihr gehört der Abend. Die Diwina auf dem Diwan, die Edelsteinerscheinung mit dem haardunklen Augenpaar.

Man fragte mich, gleich danach, was beeindruckte dich am meisten? Es war ihr Lächeln! Ein Zauberlächeln, ganz wahrhaftig, leicht und spielerisch und kunstvoll, weich, graziös; sie verschenkt es freigebig, hält nicht zurück damit, es ist ihr Ausdruck, an diesem Abend im November, in dieser kleinen Stadt. Ein faszinierender Ausdruck, er knüpft das Band zum Publikum,

junge Menschen heute noch ihren Empfindungen über ein Ereignis Ausdruck verleihen. Ein solches Beispiel fanden wir in der neuesten Ausgabe der Clausthaler Studentenzeitung „Spitzeisen", in der sich Volker Jentsch über die Lesung aus dem „West-östlichen Diwan" im vergangenen Herbst äußerte und an Margaret Jacobs eine so freundliche Liebeserklärung machte, daß wir sie unseren Lesern nicht vorenthalten möchten. Die Redaktion

Eine Liebeserklärung ...

Herzlichkeit und verbindliche Ehrlichkeit als öffentliche Äußerung sind bei uns selten geworden. Früher einmal war es durchaus üblich und denkbar, daß Menschen ihre Begeisterung und Bewunderung überall zum Ausdruck brachten. Heute verbirgt man so etwas gern mit dem Deckmantel der Sachlichkeit. Um so erfreulicher ist es, wenn

und welch besonderer Augenblick, es wahrzunehmen, es tief im Innern zu verspüren. Ein Leitseil wird da ausgeworfen, von ihrem Lächeln, und bereitwillig folgt man ihm, ob nun männlich oder weiblich, jung oder alt. Und jedes mal ein neuer Dank von mir, ein unhörbarer selbstverständlich, aber doch ein deutlich sichtbarer – wenn sie vom Blatt aufsieht und den Blick ins Publikum wendet. Lächeln geht auf in melancholischer Betroffenheit. Stolz tauscht sich ein gegen Demut, Koketterie korrigiert besorgte Liebe.

Ihre Sprache, klar und sorgfältig in der Betonung, korrespondiert auf's Genauste mit dem Ausdruck ihres Gesichtes. Sie drückt aus, was Goethe gemeint haben mochte mit seinen Versen. Ihre Mimik bekräftigt die Wirksamkeit ihrer Sprache.

Ich bin traurig als sie geht, ihren Mann, den großen Schauspieler Will Quadflieg an ihrer Seite. Und ich bin glücklich – kann ich's noch verschweigen – dass sie gekommen ist.

Sie wird mir verzeihen, dass ich, entgegen meiner sonstigen, angeborenen Zurückhaltung, so öffentlich das Wort geführt habe. Ich sprach bewundernd, ich schrieb's ins Halbdunkel, und eine solche Schrift auf solch ein Medium, so denke ich, dürft' doch erlaubt sein hier und dort.

Eine Stimme, die ich nicht vergessen kann, gehörte einer schönen Frau. Sie sprach als Suleika:

>*Der Spiegel sagt mir, ich bin schön!*
>*Ihr sagt: zu altern sei auch mein Geschick.*
>*Vor Gott muß alles ewig stehn,*
>*in mir liebt Ihn, für diesen Augenblick.*

Die letzte Zeile versteh ich nicht. Deshalb habe ich die Verse geringfügig umgeschrieben:

>*Der Spiegel sagt mir, ich bin schön!*
>*Ihr sagt: zu altern sei auch mein Geschick.*
>*Noch steh ich fest im wilden Föhn,*
>*In mir leb ich, für diesen Augenblick.*

Immer noch in Clausthal, ist mir eine Weltschmerz getönte Variation zur unglücklichen Liebe eingefallen. Sie behandelt die universellen Schwierigkeit, zueinander zu finden und ist mit jugendlichem Pathos niedergeschrieben worden. Die Episode gehört zum Studentenleben. Deshalb bekommt sie einen Platz in den ansonsten eher nüchternen „Ansichten".

Sie und Er

Recht hatte sie. In ihrer naiv komplizierten Art hatte sie es gesagt. Und sie lehnte sich zurück in ihren Sessel, befriedigt offensichtlich und geschminkt mit einer seltenen Form von Schmucklosigkeit. Denn sie mochte keine Auffälligkeit, ihre ganze Gestalt war Andeutung; ihre Tonlage verhalten und ihre Bewegungen waren eher leicht. Man könnte sagen anmutig. Das helle Braun ihrer Haare umfasste das blasse Gesicht, ein weich modelliertes, mit nur schwach ausgeprägten Backenknochen. Die lang bewimperten Augen schauten dunkel, und doch nicht dunkel eigentlich, ein Freudenhell mischte sich hinein, unabsichtlich und unbestimmt. Pastellfarbenes Naturrot zeichnete die Lippen, die dünne Haut obendrauf lag flach und ein wenig gespannt. Ein absichtsloser Reiz stand in ihrem Ausdruck, kunstvolle Natur, so schien es.

Sie blickte ruhig geradeaus. Bloß ihre Hände, schmale, langgliedrige, fassten den Rock. Ein bisschen Verlegenheit war erlaubt. Irgendwer hatte es ihr einmal gesagt. Von allem Freimut, für sich, insgeheim, ein wenig zurücknehmen durch unauffällige Bewegungen. Sie beruhigen. Und sie glätten seelische Unebenheiten.

Er hatte es gehört. Und eigentlich wusste er schon bei ihrem ersten Wort, was sie meinte. Eine ganz diffuse Dreijahr Vergangenheit lief vor ihm ab, als sie sprach, leidenschaftliche Gefühle, verworfene Hoffnungen, keine Erfüllung. Berauschende Nachtphantasie und resignierende Tagträume. Monate lang Gleichmütigkeit, die Tage ins Leere, auf Wiedersehen der Konvention willen, Vergessen überall. Und doch nie Vergessen, Gegenwärtigkeit allerorts. Sehnsüchte nach pastellzarten Naturfarben, Abscheu vor Kunststiftlippen, Abwehr von leichtsinniger Nacktheit. Aber er hatte nach ihr gegriffen, nach dieser Nacktheit, unbekümmert und ohne große Vorbereitungen.

Er fand das nicht schwer. Und sie fanden das richtig. Ihre geschminkte Oberfläche übersah er. Ihre gespielte oder tatsächliche Hingabe konnte ihn nie umfangen. Er war ganz woanders, an fremdem Ort. An anderen Lippen. Er schaute nicht in ihre Augen, die Wimpern zerflossen in Tusche. Ihre Lippen schmeckten nach Süßstoff. Und dem Haar fehlte dieser hellbraun blonde Glanz. Im Grunde waren sie Ersatz, Erreichbares statt Unerreichbares, Deutliches statt Undeutliches, Gefühl für Gefühllosigkeit. Ein Gefühl allerdings, das Unwohlsein erzeugte, weil einseitig und eher unglaubwürdig, vorgespielt. Und dann - noch verstört vom Tanz und der klebrigen Enge - dachte er an sie. An ihre Hoheit, ihre unvergleichliche Haltung, ihre kühle, bewusste Herzlichkeit.

Er bewunderte ihre gleichmäßige Geschicklichkeit. Er bestaunte ihre differenzierte Unkompliziertheit. Er beglückwünschte sie zu ihrer gebildeten Unwissenheit.

Sie stand zu hoch. Seine Worte erreichten sie nicht. Er hatte nach ihnen gesucht. Sie machten Halt vor ihrer selbstverständlichen Distanz. Es waren nicht die richtigen. Auch seine Anleihen bei großen Menschen trafen nicht. Denn sie kamen in falscher Stimmlage. *Das soll fortan unsere Sache sein, beides, Hoheit und Liebe - ein strenges Glück.* Hoheit und Glück passten zu ihr, ganz unzweifelhaft. Aber Liebe? Warum denn so ganz und gar nicht ? Aber doch nicht Liebe für ihn empfunden, den Unbeständigen, Treulosen, den intelligenten Wirrkopf.

Und sie saß, zurückgelehnt in ihrem Stuhl und blickte ruhig und geradeaus mit ihren zauber dunklen Augen. Und in der Iris mischte sich Schwarz mit Braun.

„Ich denke, Du warst immer so ein bisschen schüchtern mir gegenüber. Ja, ich glaube, das ist das richtige Wort, weißt Du, das ist mir besonders aufgefallen. Deine schüchterne Zurückhaltung, Deine Zaghaftigkeit. Ich wusste nicht, woran ich bei dir bin."

War es das Wort? Nach dem er drei Jahre gesucht hatte? Das jetzt den kümmerlichen Rest seiner Träume zerstörte.

Mathematik Übungen

Zum Abschluss etwas aus der Göttinger Uni. Damals war es Mode, für die mathematischen Hausaufgaben („Übungen") die höheren Semester zu Hilfe zu nehmen und von diesen Tipps, meist sogar die ganze Lösung präsentiert zu bekommen. Es bildeten sich Gruppen, die nur ihnen genehme Gesichter duldeten. Mithin hatten diejenigen, die nicht dazu gehörten oder die Lösung der Aufgaben auf eigene Faust versuchten, das Nachsehen. Ich gehörte dazu. Das ließ ich nicht auf mir sitzen und verfasste (mit Hilfe des Vaters?) einen Brief an den Professor, in Form und Inhalt eines wohlerzogenen jungen Manns aus „gutem Hause" würdig. Hier ist er.

Göttingen, im September 1965
Sehr geehrter Herr Professor Maak!
In nicht übermütig grundsätzlichem, aber auch wahrhaftig nicht beiläufigem Anliegen bitte ich um Ihre Geduld. Ich hoffe dabei auf Ihr Einsehen, daß ich mich schriftlich am Sie wende; so läßt sich klarer formulieren und distanzierter darstellen.
In vergangenem Sommersemester hörte ich Ihre Vorlesung *Differential- und Integralrechnung*. Eine Standardvorlesung für Sie, für mich, trotz relativ anspruchsvollem Mathe-Unterricht bis zum Abitur, ein neuer Stoff, der in ungewohnter Weise vermittelt wurde. Ich versuchte in Anlehnung an diese Vorlesung die wöchentlich gestellten Übungsaufgaben zu lösen. Sie erklärten den Sinn dieser Aufgaben (wenn ich's recht verstanden habe) als Denktraining – und darüber hinaus als geistige Selbstkontrolle. Etwa in der Absicht, nicht Gefahr zu laufen, sich vorzumachen, was nicht da ist. Somit prüfte das „Differentialsemester" ständig Begabung und Kenntnisse

der Studierenden.

Da ich den Übungsschein nicht erhielt, der doch am Ende Begabung und Bemühung konstatierte und honorierte, stand es soweit fest, daß ich den Anforderungen nicht genügt hatte.

Ich finde jetzt zweierlei bemerkenswert:

erstens, daß dieser Übungsschein allein aufgrund der Ergebnisse aus den Übungsaufgaben resultierte;

zweitens, daß ich nicht recht weiß, ob's lohnt, das Studium der Physik weiterzuführen, obwohl der offenbarte Mißerfolg doch gerade darüber Auskunft geben sollte.

Zu meiner ersten Bemerkung:

Der für mich unverständliche Passus in dem Merkblatt für die Teilnahme an den Übungen – „Verständnisvolles Abschreiben ist nicht verboten aber unerwünscht" – führte offensichtlich zu allgemeinem Abschreiben und zur Organisation umfangreicher Gruppen, die Lösungen besorgten und an ihre Mitglieder weiterreichten. Von selbstständiger geistiger Arbeit war nur insoweit die Rede, als es darauf ankam, den richtigen Mann anzuwerben. Soweit ich informiert bin, war diese Person nur in Ausnahmefällen ein Kommilitone aus meinem Semester. Das ging immerhin soweit, daß Erstsemestrige der Vorlesung fernblieben und sich die Freiheit zugestanden, die einzig maßgeblichen Übungsaufgaben während der Vorlesungsstunden mit Hilfe der Fortgeschrittenen zu lösen.

Natürlich hätte ich auch diesen Weg einschlagen können. Mit einiger Sicherheit hätte ich die erforderlichen Punkte erreicht, und dieser Brief wäre wohl kaum geschrieben worden.

Aber da war eben die Prüfung geistiger Selbständigkeit und mathematischen Verständnisses, das mich dazu verleitete, allein an die Lösungen der Aufgaben heranzugehen. Die richtige Beweisführung hatte ich auch häufig, bloß begann dann der überaus genaue Hilfsassistent seine Durchsicht und registrierte fehlende, aber doch auf der Hand liegende Zwischenbeweise. Wobei immerhin Urteile über richtig und falsch selbst unter den Hilfsassistenten divergieren konnten. Intensive Anstrengung wurde nicht belohnt. Es wurde nicht unter die Lösungen geschrieben „das habe ich allein gemacht". In der Tat, das wäre kindisch gewesen. Hätte man aber nicht wenigstens *allen* die Möglichkeit einer mündlichen Prüfung offenstehen lassen sollen?

Und deshalb zu meiner zweiten Bemerkung.

Da ich mich, hoffentlich halbwegs objektiv, für einfallsreicher und begabter als eine Vielzahl von jenen halte, die laut Papier den Anforderungen genügten, weiß ich wirklich nicht, ob sich der Sinn erfüllte, den Sie, Herr Professor, den Übungen voranstellten. Manchmal kam es mir so vor, als sei genau das Gegenteil eingetreten. Einer redlich bemühten Mittelschicht (zu der ich mathematisch durchschnittlich veranlagte zähle wie auch jene, welche die Mathematik nicht um ihrer selbst willen betreiben, sondern als Bestandteil des Physik-Studiums benötigen), ist mit vergangenem Semester viel Lust und Neigung am Studium vergangen.

Und darum sage ich: Bei allen Hindernissen, die dem Professor wegen Überfüllung der Hörsäle im Wege stehen, ein persönlicheres Verhältnis zu seinen Hörern zu gewinnen, wäre dieses doch wohl zu reduzieren: das der ungerechten und nicht hinreichend abwägenden Beurteilung. Das auch unter dem Gesichtspunk, wenn die Westdeutsche Rektorenkonferenz in ihrer letzten Plenarsitzung beschließt, künftig alle Studenten von der Hochschule zu entfernen, die die vorgeschriebene Semesterzahl um mehr als zwei überschreiten (Kommentare dazu: „Die Zeit" Nr.30, Seite 13, „Der Spiegel" Nr.33 Seite 42). Ein nicht erhaltener Übungsschein in Mathematik fordert erneuten Anlauf. Die Konsequenzen: Studienzeitverlängerung um mindestens ein Semester. Schon werfen Proteste der finanziell gebeutelten Eltern, Bildungsnotstand und weitere restriktive Maßnahmen der Hochschulreformen ihre Schatten voraus.

Das trägt eigentlich nur dazu bei, Unbehagen zu verbreiten. Solange man diesem mit relativ einfachen Maßnahmen entgegen treten kann, sollte man das tun. Auch wenn es dabei nur um die verständige Ausgabe von Übungsscheinen geht. Wenn Sie mich so verstehen wollten, Herr Professor Maak, wäre ich Ihnen dankbar.

Nachwort: Ich bekam ein Jahr später eine sehr freundliche Antwort des Professors, in der er mein Engagement würdigte und Besserung versprach. Tatsächlich war man zumindest darangegangen, extra Mathe-Vorlesungen für Physik-Studenten zu konzipieren. Ich war allerdings längst woanders. Nach dem ersten Semester bin ich, zusammen mit ein paar anderen, abgesprungen und wurde mit offenen Armen in der TU Clausthal empfangen. Das wohl auch, weil diese Nachwuchs brauchte, um bei der Landesregierung in Hannover die neugegründete Fakultät zu rechtfertigen. Aber in der Tat: die Mathematik wurde dort sehr viel lebensnaher verabreicht.

Volker Jentsch studierte und habilitierte in Physik und Geophysik. Er arbeitete an zahlreichen Universitäten und Forschungsinstituten im In- und Ausland und entwickelte Modelle in der Weltraum- und Klimaforschung. Er engagierte sich mehrere Jahre als Forschungsförderer am Ministerium für Wissenschaft und Forschung in NRW. Er gründete, in Kooperation mit Wissenschaftlern aus verschiedenen Fachrichtungen, am Ende der Reise durch die Institute das *Interdisziplinäre Zentrum für komplexe Systeme* an der Universität Bonn.

Heute befasst er sich, u.a., mit den Unwägbarkeiten, die sich in einer digitalisierten und militarisierten Welt ankündigen. Mehr unter: https://www.volkerjentsch.de

Volker Jentsch

Im Wilden Norden von Italien

Fabian Feuerbach erfüllt sich den Wunsch seines Lebens: im vorgerückten Alter findet er in Assedo, einem kleinen Bergdorf auf der Alpensüdseite, abseits vom großen Tourismus in naturbelassener Umgebung, ein verfallendes Haus. Er erneuert und gestaltet es. Und verbringt fortan dort die Hälfte des Jahres. Mitten unter engherzigen Einheimischen, geschickten Bauarbeitern, intakten Invaliden . . .

Volker Jentsch

Das Schneebrett

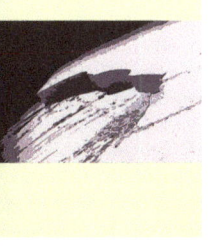

Das Unvorhersehbare trifft Fabian Feuerbach, als er, den Kopf von ungewisser beruflicher Zukunft beschwert, mit seiner Freundin zu seiner Hütte in den Alpen aufsteigt und dabei in ein Schneebrett gerät. Er überlebt ohne Schaden, für sie kommt die Rettung zu spät. Jahre später, im Schutz der Nacht, in der Abgeschiedenheit eines italienischen Bergdorfes und mit der Hilfe seiner Frau, versucht er das Ereignis zu entschlüsseln. . .

Volker Jentsch

Die Forschergruppe

Fabian Feuerbach wagt in vorgerücktem Alter das Experiment seines Lebens: er versammelt sieben renommierte europäische Forscher in einem Bergdorf in Norditalien, um ein Forschungsprojekt zu schmieden, das extreme Ereignisse in Natur und Gesellschaft entschlüsseln und vorhersagen will. Die Forscher einigen sich nach kontroverser Erörterung auf ein veritables Forschungsprojekt und reichen es zur Förderung ein. . .

Wie sehen fünf Doktorandinnen die Welt
von heute?
Sie treffen sich in der Stadt, im Gebirge,
am Polarkreis und auf der Felseninsel,
um ungestört von der Welt,
den Zustand der Welt zu ergründen,
mit dem Ziel,
ihre eigene Sicht zu finden...

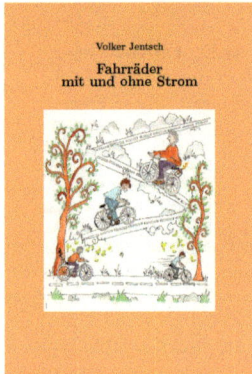

In diesem schlanken Buch geht es um etwas
ganz Sachliches: um das normale und das
elektrische Fahrrad. Der Autor erklärt die
Mechanismen, vergleicht die beiden Typen
von Rädern und erläutert, wie eigene Leistung, Motorleistung, Geschwindigkeit und
Akkuleistung beim Ebike zueinanderfinden.
Das ganze wird mit Zahlen und Gleichungen
aus Physik und Mathematik unterlegt.